KB009222

시간은 아픔을 지우고 계절은 기억을 부른다

시간은 아픔을 지우고
계절은 기억을 부른다

장예은

채륜서

프롤로그

　스스로 쓰는 것에 대해 나태해졌다고 느끼게 됐을 땐, 그땐 잠시 멈추려고 합니다. 괜히 써지지도 않는 글을 억지로 쥐어짜고 싶은 마음도 없고, 그렇다고 어디에서나 볼 수 있는 다 잘될 거란, 괜찮아질 거란 뻔한 말만 가득 담겨 쉽게 소비되기만 하는 그런 인스턴트식의 글들만 주야장천 쓰고 싶지도 않으니까요.

　전에 언젠가 어떤 이가 흥미로운 질문을 던졌던 적이 있습니다. 과연 당신에게 글이란 어떤 존재이고 얼마만큼의 가치를 지니고 있냐고. 그때의 제가 그 물음에 어떤 답을 했는지에 대해선 잘 기억이 나질 않습니다만, 음. 글쎄요. 사실 글이란 건 어쩌면 여러 사람에 따라 다양하게 읽히고 제각각 다른 의미로 다가갈 수 있는 게 아닐까요. 누군가에겐 나의 말들이 지나간 사랑에 대한 그리움이 될 수 있고, 또 누군가에겐 힘들고 지친 삶에 고요히 가슴 깊이 다가오는 따스한 위로가 될 수도 있고, 또 다른 누군가에겐 내일을 살아갈 용기와 힘을 불어넣어 주는 원동력이자 희망으로 다가올 수도 있으니까요.

　그러니 억지로 쥐어짜 내지 않고 가슴에서 진정으로 우러
나오는 그런 글을 써 내려가려 합니다. 훗날 지난날 과거의 나
의 흔적들을 찾아보고 또 되돌아봤을 때 저절로 고개를 숙이
고 부끄러워하게 되는 그런 비극적인 일이 일어나지 않도록 말
이죠. 나는요, 그런 글을 원합니다. 비록 나는 썼다는 사실조차
까먹을지라도 누군가의 가슴속에선 영원히 살아 숨 쉴 수 있는
그런 글. 내가 만약 지금보다 훨씬 더 나이를 먹어 이 세상을
떠나게 된다고 할지라도. 내가 죽어도 여러 이들의 가슴속에
영원히 살아 숨 쉴 수 있는. 그만큼의 잊혀지지 않는 향기와 깊
이를 품고 있는 그런 글을. 그런 삶을 원합니다.

　그러니 앞으로도 모쪼록 지켜봐 주셨으면 합니다. 내 손목이
닳고 닳을 때까지, 힘을 잃어 더 이상 한 글자 한 모음조차 써
낼 수 없을 그때까지 열심히 한 번 써보도록 하겠습니다. 나중
에 내가 죽고 이 세상에서 사라진 이후에도 나의 문장들은 누
군가에게 열렬히 사랑받고 또 그들의 가슴속에서도 영원토록
살아 숨 쉬기를 간절히 바라며.

차
례

1
스러지는
마음

2

사라지는
당신

3

살아지는
시간

1 ───────────────────

스러지는 마음

아픔

　네가 사랑하는 척을 잘한다면 나는 사랑하지 않는 척을 잘하는 사람이었다. 그 사실을 죽어도 모를 네 앞에서는 잘만 웃어가면서도 나를 죽이는 잔인한 말들을 계속해서 내뱉었고 끝내 웃음 지었다. 덕분에 나는 이제 소리 없는 사랑고백을 잘하게 되었다. 너와의 대화 속에서, 언제나 문장의 뒤에는 '사랑해'를 아낌없이 붙였고 대화의 끝에선 같이 살자는 무척 진부하면서 애틋한 말을 달곤 하였다.

　허나, 속으로 삼키는 소리와 마음들이 커지면 커질수록 사람은 점점 미치기 마련이니. 그래서 나는 어쩔 수 없이 도망치고 말았다. 더는 나를 사랑하지 않음을 증명하는 네 목소리는 내 도망의 이유가 되기 매우 적절했다. 사실 네가 날 사랑했는지는 솔직히 모르는 일이다. 아니, 너는 분명 나를 사랑하지 않았다. 이별 앞에서 담담했던 나는 늘 이별 뒤에서 벽에 머리를 박아 대곤 하였다. 나는 자주 아픈 미소를 지었고 슬피 울었으며 떨리는 손끝으로 또 펜을 잡았다.

참 애석하고 아픈 사실일지도 모르겠지만, 이미 고장난 사람은 고칠 방법이 없다. 그리고 이미 전부 고장나 버린 사랑 또한 고칠 방법이 없다. 어느새 심장이 무감각해져 문득 내 숨의 생사가 궁금했다. 갑작스럽게 이별이란 칼날에 쑤셔진 심장에선 검은 피가 끈적하게 흘러내리고 있었다. 응집되고 응고된 사랑은 멈출 줄을 모르고 끝도 없이 흘러내렸다.

항상 완고한 사랑은 종종 그랬다. 그래, 너는 종종 그랬다. 나로선 이해할 수 없는 사랑이었다. 너는 내 첫 번째 죽음이다. 너와 헤어지고 나는 책상에 엎드려 잠이 들었다. 팔을 들지 않았다. 눈앞의 배경빛이 흐릿하게 다섯 번 즈음 바뀌었고, 난 다섯 번째 감각을 잃었다. 이제 너는 듣지 못할 것이다. 너는 장난스레 미소 지었고 절망스레 나는 죽음을 맞이했다.

허나 이별 후에도 나는 사랑하는 마음을 놓지 못했다. 내 사랑을 감히 죽여 버릴 수 없었다. 그래서 난 나를 죽였다. 차마 사랑을 죽일 수 없어 나를 죽이고야 말았다. 이별은 필시 이 세상에서 존재하는 것들 중에 있어 가장 잔인한 벌이 확실했다.

그랬다. 너는 살아 있는 네게 있어 잔인한 사형선고를 내렸고, 난 그날 이후로 줄곧 죽은 사람처럼 살았다. 마침 사랑이 끝내 남은 숨을 모두 거두었을 때, 나 또한 눈을 감았다. 네가 사랑했던 나는 더 이상 조금의 형체조차 남아 있지 않았다. 내가 한때 사랑했던 너 또한 이제 두 번 다신 돌아갈 수 없는 가슴 아픈 추억의 잔재로 자리 잡을 뿐이었다. 그렇게 너는 죽었다. 나도 죽었다. 새까만 잿가루로 변해 버린 사랑만 아무런 미동도 하지 않은 채 내 마음속 바닥에 깔려 있다.

그렇게 사랑은 그날로 이름을 바꾸었다.

세상에서 가장 잔인한 아픔으로.

시어

새하얀 도화지에 널 써 내려가다 보니 곧 새카만 먹지가 되었다. 시어라는 것이 한참 모순된다는 생각이 들었다. 감정을 함축적으로 담아낸다는 것이 그 작은 단어에겐 너무 버거워만 보였고, 애초에 감정이 함축된다는 것조차 불가능하리라 믿었다. 누군가의 시어에는 잃은 나라가 울고 있었고, 누군가의 시어에는 이미 죽어 버린 사랑이 묻혀 있었고, 누군가의 시어에는 침몰된 세상이 익사하고 있었다.

그러나 나의 시어에 묻힐 사람들은 전부 도망가 그들이 남겨 놓고 간 사랑만이 거센 파도처럼 출렁이며 깊은 수면 속으로 가라앉고 있었다. 덕분에 커다란 책에 유려히 쓰이는 수필은 커녕 종이 쪼가리에 조각조각 나뉜 기억이 태반이었다. 절대 사랑해선 안 되는 사람이 있다는 그 말을 믿지 않았다. 비록 사랑의 결과가 눈물뿐일지라도 정말 괜찮았다. 나는 그렇게 또 아픈 가슴을 뒤로한 채, 가시투성이인 사랑을 맨몸으로 끌어안고야 말았다.

　허나, 너를 사랑한 것은 나의 생에 있어 가장 큰 죄였다. 사실 그것만큼 무거운 죄가 없었기에 나는 모든 삶으로 그 죄를 메꾸어야만 했다. 하지만 그걸 메꿔 내는 시간 동안에도 난 끊임없이 널 사랑하여 몇 번의 죽음과 탄생을 반복하며 새로운 생을 또다시 너에게 바쳐야만 했다. 죄목이 적혀야 할 칸에 나는 철없는 사랑고백들을 써놨고, 결국 그것이 죄로 변질되어 나는 네게 오래도록 갇혀 있어야 했다.

　끊어진 혈관에선 더 이상 피가 흐르지 않는다는 너의 말은 사실이었고, 우그러진 심장에서도 사랑은 흐른다는 그 말 또한 결코 틀리지 않았다. 내가 곧 너를 사랑하게 됐을 때 즈음, 너는 결국 사라지게 되었다. 내가 여름일 때의 너는 겨울이었고, 네가 봄일 때의 나는 가을이 되었다. 그래서 나는 이제 별수 없이 혼자, 마냥, 사라진 너의 계절에 갇혀 살아가고 있다. 미친 사랑이란 죄목에 얽매여 빠져나올 수 없는 나라는 한심한 존재가 비친 거울을 바라볼 땐 이유를 알 수 없이 흐르는 뜨거운 눈물 때문에 앞을 제대로 볼 수가 없었다.

사랑에 눈이 멀어 결국 나는 장님이 되었다.

네가 없는 흑백 도시의 시계는 거꾸로 흘러가고 있었고, 사랑을 잃어버린 바다는 소리 없는 파도를 내세워선 밤을 새워 울어 댔다. 그랬다. 너는 그저 네 마음을 도로 가져간 것뿐인데 나는 종일 품고 있던 세상을 모두 빼앗겼다. 그렇게, 난 마치 육체를 잃어버린 외로운 영혼처럼 술에 취한 듯한 비틀거림으로 세상의 끝을 걸었고, 아픈 비명 대신에 끝내 몸을 던졌다.

축복

  누군가가 그런 말을 했다. 사랑의 다른 이름은 아름다운 축복이라고. 그렇다면 나는 당신을 향해 품은 이 마음을 더 이상은 사랑이라고 부를 수 없겠다. 사랑의 앞 글자도 쉽게, 함부로, 감히 발음해 낼 수가 없겠다. 당신을 향한 마음은 현재 나에게 있어선 단순한 축복이라고 보기엔 너무 잔인하며 살아 있는 지옥과도 같으니.

  처음엔 그저 황홀함에 마음이 젖어선 그다음에 찾아오게 될 아픔을 걱정할 겨를조차 없었다. 두 눈을 감아도 여전히 당신의 모습이 그려지고, 두 손을 내밀면 당신의 온기가 가까이 다가오는 것만 같고, 가끔 당신의 목소리가 나의 귓가에 스며들 때면 심장이 버텨 내지 못하고 곧 터져 버릴 것만 같았으니. 그렇게 당신을 사랑하는 마음을 품을 수 있단 사실 하나만으로 나는 그때, 충분히 기뻐하고 만족했다. 허나 사랑하는 마음은 미련함과 욕심을 불러일으켰다.

　예전에는 그저 멀리서 바라만 보는 것으로도 행복함에 겨워 식사도 제대로 하지 못할 정도였다면, 그다음에는 당신의 어여쁜 모습을 최대한 나의 가장 가까운 자리에 두고 보고 싶었고, 또 그다음에는 당신의 곱고 아름다운 손을 잡고 함께 걸어가고 싶었다. 사랑은 마음을 먹으며 자라나고 부피를 점점 늘렸고 난 그런 사랑을 억제하지 못하고 존재 자체를 모두 먹혀 버렸다.

　또한 슬픈 사실이 한 가지 더 존재했다. 당신과 나는 어차피 엇갈린 운명 속에 놓여 있다는 것이었다. 필시 당신의 곁에 머물고 싶었지만 당신과 난 서로 너무 다른 계절의 사람이었다. 당신은 무척 따듯하다 못해 마냥 다정하기까지 한 그런 봄이었고, 나는 몹시 차갑고도 세상의 모든 것들을 굳게 얼려 버릴 것만 같은 그런 시린 겨울이었다. 그래서 나의 이런 차가운 냉기가 당신을 순식간에 얼려 산산조각 내진 않을까 하는 두려움에 함부로 다가설 수도 없었다.

　나는 당신에게 온전한 행복을 선물해 줄 자신이 없었고, 당신은 내 쪽으로 소중한 시선을 한 번 돌려줄 여유조차 없었다.

어쩔 땐 이런 내 마음을 조금도 알아주지 못하는 당신이 은근히 밉고 또 원망스럽기도 했다. 하지만 그 마음 또한 결국 오래가지는 못하고 나는 또다시 당신을 사랑하는 일에 목숨을 걸었다. 그렇게 단 하루도 빠짐없이 당신을 사랑했다. 당신 몰래 당신을 사랑했다. 세상 그 누구라도 절대 알아보질 못했지만 나는 그럴 때마다 하늘을 향해 고개를 들어 가슴을 치며 소리 없이 외쳤다.

당신이라면 분명 가엾은 내 사랑의 아픔을 이해하고 있을 것이라고. 설령 아무도 알아주지 않아도 괜찮다고. 결국 내가 만든 감정이니 내가 책임지고 끌어안는 것이 맞는 일이라고. 그렇게 퍼즐이 완성할 수 없는 외로운 사랑을 계속했다. 때론 누구에게도 설명할 수 없는 어두컴컴한 밤에 혼자 얼굴을 베개에 파묻고 눈물을 쏟아 내기도 했고, 또 어떨 때는 당신을 가질 수 없는 초라한 내 자신의 존재를 부정 또는 원망하며 저주를 퍼붓기도 했다. 그러나 그럼에도 불구하고 나는 그 사랑을 놓지 못했다. 애초에 놓고 안 놓고의 문제가 절대로 아니었다.

나는 처음부터 끝까지, 머리부터 발끝까지 온통 부족하고 모자란 점투성이인 사람이라서. 당신을 품에 가득 안기에도, 그렇다고 금방 놓아주기에도 모자란 사람이었기에.

　그러다 어느 날에는 내가 아닌 다른 이와 함께 손을 맞잡고 걸어가는 당신을 마주했다. 당신은 내게 한 번도 내보이지 않았던 미소를 그 사람한텐 아낌없이 보여 줬다. 나를 향한 미소는, 나의 것은 아닌 미소였지만 그 모습마저 너무나도 어여쁘고 아름다웠다. 어쩌면 저렇게도 아름다울 수 있을까. 마치 온 세상 모든 아름다움을 훔쳐 담아낸 듯한 그런 근사한 미소였다. 그 모습을 계속 바라보다, 나도 모르게 당신과 눈이 마주쳤다. 나에게 손을 뻗어 인사를 하려는 당신의 모습을 뒤로한 채 나는 그 자리에서 재빨리 걸음을 옮겨 도망쳤다. 그리고 인적이 드문 근처 골목에 들어가선 잠시 벅찬 숨을 돌렸다. 그러다 문득, 갑자기, 그냥, 울컥, 어린아이처럼 울음이 마구 터져 버렸다. 끝없이 뜨겁게 차오르는 눈물은 눈가뿐만 아니라 맑은 하늘마저도 모두 다 적셔 버릴 기세였다. 그리고 이런 생각을 했다.

　그래요, 내 마음은 당신을 데려오기엔 너무 촌스럽고도 보잘

것없을 뿐일지도 모르겠습니다.

하지만, 그래도, 그렇다고 할지라도 정말 단 한 번만, 나에게
로 먼저 다가와 줄 수는 없었던 것입니까. 차갑게 얼어 버린 내
마음을 단 한 번에 전부 다 녹여 버릴 수 있는 따스한 햇살과도
같은 미소를 품은 그런 사람이었으면서. 그런 축복이었으면
서. 그런 아름다운 미소를 나에게도 조금만 나눠 줄 수는 없었
던 것입니까. 내 마음을 온전히 알아줄 순 없겠지만 적어도 내
가 그동안 혼자 어렵게 키워 낸 사랑의 감정들이 전혀 부질없
는 것은 아니었다고 말해 주며 고통 속에서 떨고 있는 내 어깨
에 딱 한 번쯤 따스한 손을 올려 줄 순 없었던 것입니까.

결국 이런 원망스러움의 끝자락에서 난 또다시 당신을 소리
없이 사랑하고 있는 한심한 나의 그 눈물을 마주하고 말겠죠.
그래도 하늘이 모두 눈물로 메꿔지면 오늘 당신의 행복한 스물
네 시간이 망가질 수도 있으니 이쯤에서 눈물을 닦고 아랫입술
을 꽉 깨문 채 참아 내야 하겠습니다.

목숨을 뺏긴 듯 힘 빠진 걸음으로 터벅터벅 집으로 돌아가
던 그때, 내 머릿속에선 문득 이름도 잘 기억나지 않는 아는 이
가 했던 말이 불현듯 떠오르고야 말았습니다. 이 세상에서 존

재하는 모든 형태의 사랑들 중에 혼자 하는 사랑이 가장 비참한 이유는, 결국 혼자 사랑을 시작하고 또 혼자 이별을 준비하기 때문이라고. 그렇다면 나는 오늘도, 내일도, 당신과 몇 번이고 사랑에 빠지고 몇 번이고 이별을 겪어 내야 할지도 모르겠군요. 그렇게 나는 매일을 사랑과 이별 사이의 경계선을 오고 가며 살아야만 하겠습니다.

당신을 사랑하지 않으면 내 삶의 의미는 전부 다 소멸되는 것이나 다름없으니, 그저 살아가려면 어떻게든 사랑해야만 하겠습니다. 슬프고도 서럽지만 뭐 어쩔 수 있을까요. 사랑의 아픔보다 이별의 얼굴을 마주하는 것이 나는 더욱더 무섭고 두려운걸요. 정말. 솔직히 바보 같죠. 이래서 자비로운 저기 하늘마저 허락해 주지 않았나 봅니다. 당신을 향한 찌질하고 한심한 나의 마음을. 초라하고 보잘것없을 뿐인 안타까운 나의 그 사랑을.

저주

뚜렷이 보이지 않는 먼 곳에서 형체가 흐릿한 무언가가 이쪽을 향해 다가오려고 할 때, 그것이 사랑임을 알아챈 바로 그 순간에 나는 망설임 없이 두 눈을 질끈 감고 매우 차갑게 등을 돌렸다. 사랑이란 것을 이미 알고 있었기에 함부로 사랑을 품을 수 없었다.

평소에는 전혀 아무렇지 않게 편한 마음으로 대할 수 있던 그 사람 앞에서 유난히 그날따라 가슴이 쉴 틈 없이 두근거렸던 이유는, 원인을 찾아볼 수 없을 정도로 거대한 감정 하나가 나의 새빨간 심장을 꽉 움켜쥐고 있기 때문이 아니었을까. 어쩌면 그 감정은 새로운 사랑에 대한 설렘과 두려움, 그 중간쯤에 속해 있을지도 모르겠다. 난 사랑은 마치 저주와 같다고 생각했다.

누군가를 사랑하는 일은 평생 벗어나지 못할 위험한 저주를 스스로 자신의 몸에 새겨 넣고 끌어안으며 끙끙 앓는 바보 같은 행위와 같다고. 정말 그렇게 믿었다.

하지만 사랑으로 인한 아픔과 비례하여 그것이 주는 또 다른 달콤함은 세상 그 어떤 행복을 눈앞에 갖다 놓아도 결코 눈길 한 번 주지 않을 정도로 황홀했으며, 내가 가진 평생의 운을 한꺼번에 다 쓰더라도 절대 만나 보지 못할 아름다움 그 자체였다. 그래서 난 결국 사랑에 아름다운 저주라는 슬픈 이름을 붙였다.

비록 우리가 유명한 어느 소설 속 로미오와 줄리엣은 될 수 없겠지만, 그들이 겪은 비극에 조금이나마 공감하고 잠시라도 아파할 수 있을 만큼의 슬픔은 반드시 어떠한 사랑으로 인해 확실하게 맛보게 된다. 또한 값진 무언가를 손에 넣게 되면 다른 무언가는 버려야만 하는 그런 세상이니. 어쩌면 우리가 버리게 될 것들은 평소 가장 아꼈으며 잃고 싶지 않았던 소중함일 수도 있다. 그렇게 우린 누군가를 사랑한 죄의 대가로 가늠할 수 없는 아픔을 손에 쥐고 말겠지.

사랑은 결국엔 나의 모든 것을 앗아 간다. 매일 눈을 뜨면 맞이할 수 있었던 아름다운 내일도. 기쁜 순간들에 젖어 매 순간 행복했던 마음도. 아무 소란 없이 줄곧 평온했던 새벽도.

그리고 언제나 갑작스레 찾아오곤 한다. 어느 계절에는 이름조차 잘 알지 못하는 누군가를 사랑으로 불렀고, 또 어느 순간에는 사랑의 대상이 될 거라곤 상상조차 하지 못했던 이를 나도 모르는 사이 사랑으로 부르고 있었다. 사랑은 항상 그랬다. 매 순간 전혀 다른 모습과 방식으로 찾아오고 빠르게도 스며들어선 내 하루를, 내 가슴을, 내 새벽을 온통 뒤흔들고. 들쑤셔 놓고. 짓밟아 놓고.

그래서 사랑의 발걸음이 움직이는 소리가 들려올 때마다 설렘을 넘어 두려운 감정에 얼른 눈을 질끈 감아 버리는 습관이 생겼다. 그러나, 두 손으로 하늘을 가린다고 한들 모두 다 가려지는 것이 아닌 것처럼 내가 아무리 눈을 감고 귀를 막고 마음을 굳게 닫아 봤자 아무런 소용도 없었다. 결국 사랑이란 녀석은 그 내면의 어느 깊은 곳까지 순식간에 침범해선 메말라 버린 나의 아픔에 뜨거운 숨결을 깊이 새겨 넣고야 말았다.

그래서 난 당신을 사랑하는 동시에 당신이 무서웠다. 내가 사랑하는 당신이 두려웠다.

내가 만약에 오랫동안 감춰 둔 내 마음을 선물했을 때, 그것을 받은 당신의 얼굴에 더 이상은 따스하며 다정한 미소가 아닌 차갑고도 매정한 표정만이 맴돌게 된다면 그것은 나에게 있어 죽음의 순간을 맞이하는 것이나 다름없을 테니.

미천하고 또 미련한 나의 욕심이 우리 둘이 앞으로 함께하며 즐겁게 웃을 수 있을 아름다운 미래를 모조리 뺏어가고 사라지게 만들까 봐. 사랑을 탐냈다가 사람마저 잃을까 봐. 비록 사랑은 아니라도 함께 맞잡은 지금의 이 손마저 놓쳐 버리게 될까 봐.

정말, 참. 도대체. 사랑이란 거 말입니다. 왜 이렇게 어려운 것입니까. 그리고 또 왜 이렇게도 잔인하며 아픈 것입니까. 이럴 거라면 차라리 어설픈 거짓말이라도 좋으니 처음부터 조금 아플 거라고 경고라도 해 주지 그랬습니까.

당신을 사랑하는 일이, 그 마음이 나에게 커다란 슬픔이자 지우지 못할 상처가 될 것이라고. 살짝 귀띔이라도 해 주지 그랬습니까. 정말로, 당신의 곱고 어여쁜 그 입술에 다정히 나의 이름 한 번 꽃피우는 게 어쩜 이렇게도 어렵습니까.

내 마음의 작은 일부조차 알아주지 않는 얄미운 당신을 나는 언제, 어느 계절까지 남몰래 바라보며 혼자서 입 모양으로만 사랑을 속삭여야 하는 겁니까. 그래도 어쩔 수가 없는 건 변하지 않는 아픈 진실이겠죠. 내 사랑의 탄생은 애꿎은 당신의 잘못이나 책임은 절대 아닐 테니. 이렇게 아픈 사랑마저 어떻게 보면 그저 내 삶을 드러내는 운명이란 영화 속 한 장면에 포함되어 있을 테니. 결국 나란 이는 당신을 멀리서 바라만 보며 남몰래 사랑해야 하는, 슬픈 운명을 갖고 태어난 안타까운 사람일 테니.

그러니 나는 당신이 내가 아닌 다른 사랑을 마주하게 될 그때 그 순간까지는 끊임없이 당신을 사랑할 수밖에 없을 듯싶습니다. 설령 애써 입에 담은 사랑이 삼켜질 시간도 없이 이빨과 이빨 사이로 순식간에 흘러내려도, 잡힐 것 같으면서도 잡히지 않는 따스하고 가녀린 그 사랑의 손길을 마냥 그리워만 하게 되어도, 당신이 내 삶을 비추어 줄 축복이 되어 줄 수 없어도, 당신과의 만남 자체가 어쩌면 지금껏 살아오면서 내 삶에 벌어진 모든 일들 중에서 가장 거대하며 찬란한 기적일 테니. 영원히 풀고 싶지 않은 아름다운 저주와도 같은 사람이여.

장담하건대, 아마도 당신은 나의 사랑을 알아주긴커녕 지나치고 당신도 모르는 사이에 잔인하게 짓밟을 수도 있겠죠. 그래서 가슴 한켠으론 당신을 많이 원망하지만 그와 동시에 세상 누구보다도 많이 사랑하고 있습니다. 또, 언젠가 한 번쯤은 당신이 뒤를 돌아봐 주길 기다릴 것입니다. 물론 끝을 알 수 없는 영원한 기다림이 될 수도 있겠지만, 나의 사랑이 그대라는 이유만으로도 기다림의 순간조차 난 충분히 행복하겠죠.

세상 모두가 이런 내 모습이 한심하게 보인다고 손가락질을 할지라도 결코 도망치지 않을 것입니다. 그렇지만, 분명 소리 없는 울음만 터뜨리며 서러운 눈물을 통해 이렇게 대답하고 말겠죠. 결국 사랑도 지울 수 없고, 저주도 풀 수 없다면. 그래도 그것이 단순한 저주가 아닌 사랑이라는 이름의 아름다운 저주라면. 나는 온전히 그것을 받아들이고 품 안으로 끌어안을 수밖에 없다고요. 아무리 많은 핏물을 쏟고 아픔 속에 젖어가도, 잔인한 사랑이란, 아름다운 그 저주를.

마음은 파랑

차가운 방 안의 온기를 사랑하고 싶은 날이 있다.

보통의 날이라면 누군가의 다정한 온기를 갈망하고 또 그리워할 수도 있겠지만 딱 오늘만큼은, 지금 내 눈앞에 주어진 이 순간만큼은 오로지 혼자 남겨진 기나긴 시간과 쓸쓸한 공간에 만족하며 알 수 없는 외로운 감정에 잔뜩 취하고 싶은 마음뿐이다.

고독은 우울의 가장 친한 친구라고 누군가가 그렇게 말했던가. 예전엔 아주 약간의 차가운 바람만 스며들어도 온몸이 시려 덜덜 떨 만큼 텅 비어 버린 느낌의 공허함이었다면, 이젠 그 무엇도, 어떤 감정도, 어떤 생각도 받아들일 여유조차도 없을 정도의 깊고 넓은 우울감만이 온몸을 온전히 지배하게 되었다. 짙은 고독은 어느새 우울 그 자체가 되어 버렸고, 단순히 외로웠던 시간들은 끝내 괴로운 순간들로 변해만 갔다.

누군가를 향해 먼저 손을 내밀기엔 이미 무너질 대로 다 무너져 버린 자존감이 나를 곧 망설임의 늪에 빠트렸고, 그렇다고 해서 이름조차 제대로 모르는 수상한 이의 알 수 없는 의도의 손마저도 뿌리치기엔 내 가슴 한켠에 살아 숨 쉬는 깊은 외로움이 너무나도 거대했다. 외로움을 명목으로 아무나 곁에 두면 안 된다는 것쯤은 물론 나도 당연히 알고 있었다. 허나 또 다른 누군가에겐 내가 그런 아무나가 될 수 있다고는 전혀 상상조차 하질 못했다.

그 사람은 나에게 있어서 힘들었던 지난 시간들을 버틸 수 있는 든든한 버팀목이었지만, 나는 그들에게 있어 그저 잠깐 웃고 넘길 수 있는 스쳐 가는 이야깃거리 정도뿐인 존재였다. 난 그러한 사실을 깨닫고 나서부턴 다정함에 이유 모를 혐오감을 느꼈다. 얼핏 보면 다정하고 따뜻한 미소일지는 몰라도, 그 안에 온갖 가식투성이의 마음과 구역질이 나올 만큼 더러운 인간의 본심이 숨겨져 있고 그것들은 언제나 따뜻한 온기로 자신의 모습을 감춘 채 내 곁으로 조용히 다가와선 지워 낼 수 없는 상처만 가득 안겨 주고 갈 테니. 그렇게 난 마음의 문을 조용히 닫고 슬픔의 자물쇠를 걸어 두었다.

좋아하는 마음도, 사랑하는 마음도 걱정 없이 함부로 품을 수 있던 청춘의 순간들은 모두 지나갔다. 그리고는 굳게 결심했다. 이제 더 이상은 누군가를 사랑하지 않고 누군가가 건넨 사랑을 굶주림에 헐떡이는 거지마냥 덥석 받아 물지도 않겠다고. 그렇게 나는 우울함과 다정히 손을 맞잡고, 슬픈 바다보다 더욱 거대한 외로움에 있는 힘껏 안겼다.

또 내겐 좋다고 말할 수도, 그렇다고 나쁘다고 말할 수도 없는 애매한 습관이 하나 존재했다. 바로 이른 아침부터 일어나선 정신없이 굴러갈 하루를 시작하기 전에, 담배 한 대를 입에 빠르게 물고 창문 밖의 푸른 하늘을 멍하니 바라보는 것이었다. 푸른 빛의 색깔들은 지금 당장에라도 쓰러지고 무너질 것만 같은 내 마음에 왠지 모를 안정감을 선물했다. 참, 어떻게 이렇게도 나와 닮은 색깔을 품고 있는 걸까. 분명 아름다운 구름과 함께 펼쳐진 푸른 하늘은 언제 보아도 항상 아름답게만 보이곤 했었는데, 작고 얕은 구름 하나 보이지 않는 오늘 새벽 즈음의 하늘은 무언가 알 수 없는 고독감에 흠뻑 젖어 있었고, 그의 온도는 마치 기분 좋은 시원함을 넘어서서 가슴 시린 차가움을 품고 있는 것만 같았다.

그렇게 계속 멍하니 푸른 하늘만을 바라보다가, 아아, 그런 걸 수도 있겠구나 싶었다. 정말 갑자기 문득, 이런 생각이 들었다. 파란색, 블루는 우울과 외로움을 상징한다고 예전부터 익히 들어 알고 있다. 헌데, 우리가 바라보는 푸른 바다, 푸른 하늘, 그리고 결국 지구마저도 전부 파란색. 즉 블루의 색깔을 띠고 있지 않은가.

이런 공식으로 생각해 보면 우린 어쩌면 마음껏 우울에 빠져도, 아무리 외로움에 깊이 젖더라도 전혀 이상할 것이 없는 그런 세상에서 살아가고 있는 것이 아닌가. 이렇게 여러 생각과 감정들은 꼬리에 꼬리를 물고 늘어졌고, 우울함은 허기가 졌던 것인지 또다시 입을 크게 벌렸다.

이젠 나를 집어삼켜 잘근잘근 씹어 먹을 시간이다. 외로움은 세상 그 무엇보다도 달콤한 목소리로 얼른 우울함의 손을 꽉 잡으라며 내 귓가에 조용히 속삭이고 있다. 나는 아무런 대답도 하지 않은 채로 두 눈을 감았다. 그렇게 나의 작은 행복과 얕은 희망은 결국 오늘도 어김없이 슬픈 죽음을 맞이한다.

낙서

눈물이 비로소 아픔을 묻어 준다고 믿었다. 당신을 무척 사랑했으나 사랑하지 말아야 할 순간마다 홀로 울었다. 한없이 울고 나면 모두 괜찮아질 거란 굳은 믿음으로 하루하루를 열심히 살아 냈다. 당신의 마음에는 내가 없었을 수도 있지만, 내 마음속엔 오로지 당신만을 가리키는 미련한 시곗바늘이 스물네 시간 동안 거세게 돌아가고 있었다.

당신과 인연이 닿는 계절이 찾아올 때까지 내 가슴은 언제나 겨울에 머물렀다. 누군가가 베푸는 다정함은, 그로 인해 내가 느끼게 되는 행복이란 것은 그저 말도 안 되는 사치라고 생각했다. 그럼에도 불구하고 우린 무수히 많은 우연과 인연을 거쳐 와서는 비로소 마주했고, 나는 품지 말아야 할 사랑을 다정히 끌어안았다. 사랑은 또 다른 이름의 잔인한 아픔이라고 누가 말했던가. 만약 그 말이 사실이 아니라면 당신을 향한 내 사랑은 온통 부정당할 수도 있겠다.

　어느 날 어느 계절에, 당신의 아름다운 노랫소리가 귓가에 들려왔다. 그 안에서는 무수히 많은 존재에 대한 사랑들이 나란히 열거되고 있었지만 그중에서 나는 없었다. 당신의 하루 속에 내가 존재하지 않는다는 잔인한 현실은 바다만큼의 슬픔을 한없이 비좁은 가슴으로 모두 삼켜 내기에 매우 충분했다. 그렇게 오늘도 상처만 가득한 가슴으로 가질 수 없는 당신을 마음껏 낙서하다가 말았다.

　받을 수 없는 사랑을 향한 그리움이 아파할 때쯤엔, 이미 그 뒷모습의 흔적을 좇고 있는 나의 불안정한 두 눈동자가 선명하게 그려지고 있었다. 결국 품을 수 없는 사랑을 함부로 계속 낙서한 대가로 나는, 당신이란 서글픈 흉터를 가슴속으로 아주 깊이 끌어안았다. 당신은 여전히 이곳에 있다. 비록 내 곁에는 없지만, 가슴을 어루만지면 분명히 느껴질 수밖에 없었다.

　그래, 당신은 아직도 그 안에서 살아 숨 쉬고 있다.

거울

마치 미친 사람이 된 것마냥 잔인하게 거울을 부쉈다. 거울을 혐오했다. 그 앞에 서 있으면 온 세상이 무너지는 듯한 느낌과 내 존재 자체의 이유를 잃어버린 것만 같은 방황감은, 내게 알 수 없는 불안감을 안겨 주기엔 충분했다. 다른 누군가의 세상은 다를지 몰라도 내가 살고 있는 세상은 거울을 꽤나 닮아 있었다.

모든 것이 감춤 없이 드러나고, 존중받아야 할 것들을 저울질하며 가슴 아픈 비난의 손가락질을 아끼지 않았다. 처음엔 당연히 그러려니 했다. 애초부터 내가 할 수 있었던 일은 그저 있는 그대로를 받아들이는 것밖에 없었다. 파도처럼 밀려오는 압박감과 주변 타인들의 기대감 섞인 부담스러운 응원은 내 발걸음을 끊임없이 부추겼고, 그렇게 빠르게 걸어가다, 그렇게 빠르게 뛰어가다 언제 한 번쯤 크게 넘어지게 되었을 땐 그 누구도 까인 내 무릎에 약을 발라 주거나 심지어 다정히 손을 빌려주지도 않았다.

아무리 힘들다고 투덜거려 봤자 달라지는 것은 아무것도 없는 잔혹한 현실이라는 것을 너무나도 잘 알기에 외로운 발걸음을 계속 이어 갔지만 어느 순간부터는 두 다리가 움직이지 않게 되었다. 난 두 번 다신 걸을 수 없게 되었다. 유일한 삶의 희망이자 이유라고 생각했던 미래를 향한 걸음들은 더 이상 삶을 지탱할 수 없게 되었고, 누가 더 잘났고 누가 더 못났는지를 따지는 것은 이제 무의미한 마라톤이나 마찬가지였다.

그리하여 모두가 눈을 뜬 세상에서 난 혼자서만 눈을 감았다. 아무것도 제대로 직면할 용기가 없었다. 버티고 버티다 못해 이젠 굽이 모두 닳아 버린 찌그러진 신발을 바라보는 것도, 막상 지나왔던 모든 순간들을 되돌아보면 그저 다급히 앞만 보며 달려왔던 무식한 발자국들을 인정하는 일도, 있는 그대로의 내가 아닌 세상의 평가로 만들어진 나를 애써 사랑하려고 노력할 마음의 여유조차 내겐 없었다. 그렇게 망가져 버린 내 마음을 비추고 있는 그 거울이 싫어 나는 있는 힘껏 부숴 댔다. 이미 굳은살이 잔뜩 박힌 손에서는 약간의 핏물만이 고였지만 그 통증은 이루 말할 수 없을 만큼 잔인했다.

그 아픔을 제대로 마주할 용기가 없어 오늘도 그렇게 또 산산조각이 난 거울을 앞에 두고서 두 눈을 질끈 감아 버렸다.

과연 이 말들이 무슨 의미일까, 어떤 감정들이 뒤섞인 푸념일까 생각하며 의아해하는 이들도 있겠지만, 읽던 와중에 자신도 모르게 가슴 한켠이 미어지는 듯한 느낌을 받는 이들 또한 분명 있겠다. 만약 당신이 나의 한심하기 짝이 없는 무의미한 푸념들을 듣고 쓰라린 가슴을 붙잡고 두 눈을 감아 버린다면, 아마 우린 꽤나 서로 닮은 점이 많은 사람일지도 모르겠다. 아픈 이는 아픈 이를 알아보는 법이니까. 어떤 누군가의 말처럼, 세상에 아프지 않은 이는 없을 것이고 그저 덜 아픈 사람이 더 아픈 사람을 안아 주며 함께 의지해 나갈 뿐이니까.

음, 그래서, 이젠 당신에 관한 질문들을 몇 가지 던져 볼까요. 당신은 어떠십니까. 가슴속에 묻어 둔 그 아픔은 잘 지내고 계십니까. 아무도 이해할 수 없는 서글픈 밤은 여전히 찾아오고 있습니까. 부디 대답을 들을 수 있다면 좋겠습니다. 당신의 안녕이 나의 행복이고, 당신의 슬픔은 나의 불행이나 마찬가지니까. 아무튼 모쪼록 아프지 말았으면 합니다. 몸도, 마음도요.

외로움

오늘도 몇 번이나 죽었다.

하루에도 수십 번씩 어김없는 죽음을 맞이했다.

지난 과거에 대한 후회이려나. 아니면 보이지 않는 미래에 대한 불안감과 그런 상황 속에 시달리며 억지로 끌리지 않는 발걸음을 끌고 달려가는 내 모습에 대한 혐오감이려나. 모두가 헐떡이는 숨결을 멈추지 않는 이 세상에서 나 혼자만 덩그러니 남아 그 숨을 거두었다.

가끔씩은 외로운 관자놀이에 차가운 총을 겨누고 방아쇠를 당기는 상상을 한다. 총알은 빗겨나감 없이 제대로 내 머리를 관통하고, 이내 흐르는 핏물에 세상 모든 시간이 멈춘다. 새빨간 눈물들은 나의 고통스러운 모든 삶의 기억을 말끔히 지워준다. 그렇게 나는 상상 속으로만 나를 백 번이고 천 번이고 죽여 댔다.

언젠가 그런 생각을 했었던 적이 있다.

어둡고 컴컴하며 시린 이 밤이 지나가면, 더 이상 아침이 오지 않을 수도 있겠다는 생각. 분명 그랬으면 좋겠다는 생각. 만약 그렇게 된다면 어떤 일이 벌어질까. 나의 죽음이 누군가에겐 어떤 의미일까. 안타까움에 대한 울음일까. 동정 어린 눈가에선 뜨거운 눈물이 쏟아져 내릴까. 과연 장례식장 분위기는 어떠할까. 누가 내 죽음을 위로하고 또 슬퍼할까.

여기서 머릿속에 떠오르는 사람이 단 한 명조차 없다는 것만큼 비참한 일은 아마 세상 그 어디에도 없겠지. 그럼에도 불구하고 꽤나 아름다운 장례식으로 기록되었으면 좋겠다. 나의 고된 슬픔이 아름다운 이 세상에 아픈 기록으로 남진 않았으면 좋겠다. 어쩌면 이마저도 헛된 욕심에 불과하려나.

아아, 어쩌면 나는 이미 죽은 걸지도 모르겠구나. 무의미한 하루의 시작을 알리는 아침도, 무의미한 휴식을 취하는 늦은 새벽도, 결국 모두 진작에 전부 이루어진 죽음을 알리는 하나의 신호탄이었을지도 모르는 일이겠구나. 어쩌면 나는 살아 있지만 동시에 죽어 가는 삶을 살고 있는 것이로구나.

하루하루 살아가는 게 아닌 하루하루 죽어 가는 슬픔을 온전히 바라보고 있구나. 아무런 의미조차 존재하지 않는 슬픈 독백과 질문들이 왜 이렇게도 길어져 버렸나. 아무렴 뭐 어떻겠나. 이 모든 것들은 소중한 마음이 많이 망가져 버린 탓일 테니. 망가진 만큼 죽어 가고 죽어 가는 만큼 고통은 점점 사라져 갈 테니. 나는 이대로 두 눈을 편안히 감으면 되겠지.

아름다운 미래를 그리는 일도, 지나 버린 버스를 되돌아보는 일도 더 이상은 해낼 수 없다는 사실을 안다. 만약 이런 내 독백들이 당신의 귓가로 스며들게 된다면, 당신은 어떤 마음으로 내 모습을 떠올릴까. 이미 오래전부터 죽어 있는 시체일까. 아니면 울부짖으며 달려가는 안타까운 뒷모습일까. 참 애석하게도 슬픈 사실이겠지만, 그게 어떤 모습이든 내일은 찾아온다.

오늘 밤이 지나면 내일이 오고 내일 밤이 지나면 그다음의 내일이 또 우릴 기다리고 있다. 어차피 죽은 사람처럼 살아가는 것마저도 의미가 있다면, 결국 나는 기꺼이 슬픈 웃음을 지으며 아름다운 죽음을 맞이한 채 숨통을 이어 갈 수밖에.

그렇게 망가지고, 찢겨지고, 또 부서지고 무너지는 내 모습을 온전히 바라볼 수밖에. 사랑할 수 없는 내 모습마저도 아픈 마음으로 사랑하며 끌어안을 수밖에. 그저 난 그럴 수밖에.

슬픔

어떤 날엔 어린아이처럼 마냥 하염없이 눈물을 가득 쏟아 내고 싶을 때가 있다. 그저 가슴속 깊은 곳에 묻혀 있는 슬픔들을 모두 토해 내고 싶은 그런 날이 있다. 하지만 슬픔은 늘 슬픔 속에만 머무르고 있어서 억지로 꺼내 올 수 없다.

이렇게 억지로라도 슬픔을 꺼내 오고 그 감정에 젖어 들고 싶은 날엔 아무렇지 않게 담배 한 개비를 태우며 잠시 흥분한 마음을 가라앉히곤 한다. 이젠 눈물 없이도 운다는 어떤 노래의 가사처럼 오늘 또한 보이지 않는 슬픔의 파도 속에 잠겨 있다.

갑자기 이런 생각이 들었다. 만약 감정에도 계절이 있다면, 슬픔의 계절이 있고 행복의 계절이 존재하지 않을까. 그렇다면 나는 왜, 어째서 행복이 아닌 슬픔의 낙엽 속에 갇혀 있을까. 절대로 곁에 두고 싶지 않은 슬픔은 도대체 언제부터 다시 되돌아가야 할 나의 집이 되어 버린 걸까.

어떤 이는 행복의 계절 속에서 행복한 고민과 감동에 잠겨 눈물을 아름다운 보석이라고 부를지도 모르겠지만, 나에게 있어 눈물이란 서글픈 아픔 그 자체이며 지울 수 없는 슬픔의 흔적일 뿐이라는 것을 과연 누가 알아줄까. 때론 죽음에 대하여 곰곰이 생각해 보기도 했다. 과연 내가 죽는다면, 나라는 사람의 죽음이 몇몇 사람들의 눈물이 되어 줄까. 과연 내 죽음에 슬퍼하며 울어 주는 이는 몇이나 될까. 그리고 과연 나의 장례식은 아름다울까. 아님 잠시 떠올랐다가 사라지는 찬란한 운석처럼 쓸쓸한 장례식으로 이어지고 말까.

아무리 생각해 보고 상상해 봐도 그리 썩 아름다운 장례식이 될 것 같진 않구나. 이런 생각을 알고 있다는 듯이 담배 연기는 내 콧대를 타고 올라와선 어지러운 향연만을 남긴다. 문득 보고 싶은 이들의 얼굴이 생각났다. 비록 얼굴조차 제대로 기억 나지 않지만 어릴 적 날 버리고 떠난 아버지. 풋풋한 열여섯 살 청춘의 시절, 내게 가슴 아픈 이별을 선물해 주고 떠난 어머니. 보고 싶은 이들은 전부 하늘 위에 있고, 이 땅 위에서 더는 나를 기억해 주는 이가 없으니, 나는 이제 그만 떠나려고 합니다.

어찌나 하루가 길고도 고됐는지, 열심히 살아 내다가 결국 지쳐 버렸습니다. 부디 내 장례식엔 아무도 오지 말아 줬으면 좋겠습니다. 그 누구도 슬피 우는 이가 없이 그저 아무렇지 않다는 듯이 그렇게 하루가 저물어 갔으면 좋겠습니다. 그렇게 잔잔하고 은은하게. 또 조용하게 마지막을 맞이할 수 있었으면 좋겠습니다. 내 죽음으로 인해 피어난 꽃이 한없이 아름답게 살아 숨 쉬고 있었으면 좋겠습니다. 나에게는 오로지 그것만이 생애 가장 아름다운 장례식으로 기억될 것만 같아서요.

출처

딱히 어른 같지도, 또 어린아이 같지도 않은 울음이 터져 나왔다. 분명 눈물을 흘리고 있음에도 서글픈 감정은 전혀 드러나지 않았고 마른 천장에 물이 떨어지듯 당신의 마음엔 언제나 예고치 못한 소나기가 그 곁을 지키고 있었다. 어쩌면 아픔과 슬픔의 색깔들이 복잡하게 어우러진 세상일지도 모르겠다. 그렇기에 더욱 마음을 강하게 다잡아야 하고 슬픔을 미소 뒤에 감출 줄도 알아야 했다.

그러나 당신은 너무 여린 나머지 독기 섞인 마음을 품지 못했다. 그렇게 세상살이의 모든 순간에 울컥이는 감정을 붙잡고 서글픈 울음을 터뜨렸고, 나는 그저 그 모든 광경을 아무런 노력조차 할 수 없이 바라만 봐야 했다. 사랑하는 이의 슬픈 눈물을 그저 바라볼 수밖에 없다는 것은 어떻게 보면 세상에서 가장 잔인하고도 비참한 일이 아닐까. 당신은 아름다운만큼이나 눈물이 많았다. 고여 있던 눈물들은 언제, 어떻게 터져 나올

지 전혀 예상을 하지 못했다.

그렇게 당신은 가끔씩은 서글피 울기도 했고, 그때마다 나의 두 가슴은 예상치 못한 소나기를 맞이해야만 했다. 당신의 울음은 어떤 의미일까. 거짓으로 가득 찬 세상을 향한 지독한 분노일까. 자기 자신을 향한 손가락질과 학대일까. 만약 그것도 아니라면, 내가 도저히 알아낼 수 없는 무언가의 슬픔이 존재한다면 나는 그 슬픔을 애써 이해하려고 하지 않겠다. 함부로 당신의 소중한 울타리를 넘어 혼자만의 영역을 침범하지 않겠다.

다만, 그 슬픔의 출처가 부디 내가 되진 않았으면 좋겠다. 이토록이나 사랑하는 당신을 슬피 울게 만드는 것은 어쩌면, 내가 지어 온 많은 잘못들 중에서 가장 무겁고 흉악한 죄일 테니.

그래요. 맞습니다. 나도 그저 궁금할 따름입니다. 우린 왜, 어째서 눈물을 머금고, 가슴 한켠에는 죽음을 품고 살아가야 하는지. 그것이 어찌하여 행복이자 희망이 되어가고 있는지. 가끔은 나도 나를 모를 때가 있습니다. 나의 감정들의 정확한 출처를, 내가 걸어온 길들이 무엇을 의미하는지를. 그러니 감히 함부로 당신의 슬픔을 온전히 이해하려고 애쓰지 않겠습니다. 그저 있는 그대로의 슬픔을 다정한 손길로 덮어 주고 행복의 온기만을 가득 안겨 주고 싶은 마음뿐입니다.

당신의 슬픔마저도 사랑하고 싶습니다. 그러니까 마음껏 슬퍼해 봐도 괜찮지 않을까요. 그렇게 마음껏, 실컷 슬픔을 쏟아 내고 나선, 내가 다른 그 누구도 아닌 당신만의 온전한 행복이 되어 줄 테니 말입니다.

기적

누군가에겐 그저 스쳐 지나갈 뿐인 당신의 그 미소가 몇 년째 멈추지 않고 폭포수처럼 마냥 흐르던 나의 눈물을 단숨에 멎게 만들고, 누군가에겐 의미 없을 뿐인 당신의 손짓 몇 번이 매 순간 떨림을 멈추지 않던 나의 두 손에 안정을 선물했을 때, 나는 이러한 기적을 곧 사랑이라고 이름 붙이곤 했다. 사랑이란 분명 기적이라고, 그렇게 참 오랫동안 믿었다.

하지만 기적은 결국 오래가지 못하는 법이었다. 조금의 숨조차 내쉬지 못할 만큼 굳게 닫힌 나의 입술에 남은 제 숨을 모두 불어넣고선 모든 생명의 힘을 빼앗겨 버린 사랑은 그대로 눈을 푹 감았다. 그렇게 예고 없이 벌어진 서글픈 죽음 앞에서 나는 아무것도 할 수 없었다. 고작 몇 시간의 눈물로 사랑이 머물고 간 빈 자리를 채우기엔 너무 턱없이 부족했고, 어쩌면 당신은 초라한 내 품속에만 끌어안고 있기엔 너무 아까울 만큼 아름답고 과분한 꽃이었던 걸지도 모르겠다.

　솔직히 난 당신을 계속 갖기에도, 그대로 놓아주기에도 너무 부족한 사람일 뿐이라서 이런 내가 할 수 있는 것은 그저 당신의 잔상을 어딘가에 담아 두고 홀로 추억하는 일뿐이었다. 그래서 난 당신을 가슴속 어떤 보이지 않는 곳에 깊숙이 넣어 두었다. 어차피 두 눈과 두 귓가에 담아 놓은 사랑은 오랜 세월을 이기지 못한 채 점점 형체가 흐릿해져만 갈 테니, 도저히 그때 그 사랑을 잊어버릴 수 없었던, 아니 절대 잊고 싶지 않았던 나는 뒷일을 미리 생각하지 않고 곧바로 당신을 가슴속에 깊숙이 담아 넣었다.

　음, 도대체 언제 어디서, 누군가로부터 시작된 것인지는 모르겠지만, 이별은 끝이 없다는 말을 정말 자주 들었다. 이 말을 들은 이들은 사랑에 머물렀을 때가 좋았다며 각자 자신들만의 그리움을 호소했다. 허나 나는 그런 모습에 약간 의문을 품었던 것 같다. 과연 사랑과 이별. 두 가지는 진정 다른 걸까. 사랑이 끝나고 난 후 이별이 시작되는 것이 아니라, 사랑의 끝에 이별이 줄곧 머물고 있던 것이 아닐까. 결국 이별도 사랑에 있어 하나의 과정이 아닐까. 만약, 만약에 이별 또한 사랑의 조각들 중 하나라면, 이별에 끝이 없단 그 말은 사랑 또한 영원토록 죽지 않는다는 말이 될 수도 있지 않을까.

솔직한 말로다가 이런 생각들을 쏟아 내기 전까지, 나는 사랑이 이렇게나 무거운 단어인 줄 몰랐다. 그 단어에 깃든 무한한 무게감을 감히 알아볼 수 없었다. 어쩌다 다른 누군가를 한번 사랑하기 시작한다면, 아주 찰나의 순간이라 할지라도 그런 마음을 품게 된다면, 그 순간부턴 오로지 내가 감당해야 할 무수히 많은 상처와 아픔들이 존재한다는 진실을 순간적인 설렘에 눈이 멀어 제대로 보지 못했다. 이별을 입에 담고 사랑을 뱉어 냈던 그 계절에서 살아 숨 쉬고 있던 모든 것들은 결국 죽음을 맞이했다.

나를 죽을 만큼 사랑했던 당신도, 당신을 미칠 듯이 사랑했던 나도, 서로가 아무런 망설임도 없이 손을 맞잡고 온전히 길을 거닐 수 있었던 그 순수한 마음까지. 모든 것들은 이미 지나간 과거에서 조용히 눈을 감았다. 그렇지만, 여전히 살아 있다.

이미 죽었지만 그와 동시에 버젓이 살아 있다. 그렇게 믿고 싶은 것이 아니라 정말로 살아 있다. 지금도 잠시 두 눈을 감고 차분히 숨을 고르고 나면, 내 마음은 어느새 그 계절로 재빨리 다시 돌아가서 아무렇지도 않게 당신과 또 사랑을 속삭이고 있으니까.

어디든, 어느 계절이든, 어떤 사람과 함께하든 간에 왼쪽 가슴에 손을 한번 가볍게 올려 보는 것만으로도 당신의 숨소리를 충분히 느낄 수가 있다. 당신이 내게 아름다운 사랑을 속삭이던 다정한 그 목소리가 들려올 때면 나는 잠시 안정을 되찾았다. 아직 당신은 여기에, 내 가슴속에 그대로 머물고 있구나, 싶은 마음이 들어서. 적어도 나는 이렇게 생각한다. 사랑은 어느 한쪽만이 아닌 두 사람의 가슴속에서 완전히 잊혀지는 그때야말로 진정한 죽음을 맞이하는 것이라고.

당신은 이미 잊었을지, 아니면 계속 기억하고 있을지 모르는 일이지만 나는 여전히 그때를 기억하고, 그 사랑을 추억하고 있다. 내가 잊어버리지만 않는 한 사랑 또한 영원토록 죽지 않는다. 어쩌면, 그 계절 속에서 함께 벚꽃거리를 거닐며 사랑의 즐거운 노랫말을 흥얼거렸던 당신은, 나는, 우리는, 아직도 이곳에 그대로 남아 있다.

암흑

너는 사랑을 나란히 열거했다.

허나 그 안에 나 같은 건 존재하지 않았다. 나는 언제나 아름다운 네 삶이란 문장 안에 포함될 수 없는 하찮은 단어 따위에 불과했고, 내가 할 수 있는 짓이라고는 고작 같잖은 한 줄기의 어리석은 기대감 같은 것에 매달려서 매일, 하루하루를 희망이란 고통 속에서 삶을 연명하는 것뿐이었다. 사실 너를 처음 마주했던 그 순간부터 나는 알았다. 이미 다 알고 있었다. 우린 결국 이루어질 수 없는 사랑이라는 것을. 어떻게든 이루어지는 필연들이 있다지만 너와 나, 우리 두 사람은 어떻게도 이루어질 수 없는 엇갈린 사랑에 불과하다는 것을.

그 사람이 뭐가 그렇게 좋았냐는 질문에 나는 그 어떤 대답도 뱉어 내질 못했다. 너를 사랑하는 이유를 알 수 없었다. 너를 갈망했던 원인을 찾을 수 없었다.

그저 어느 순간부터였는지, 너와 내가 같은 길을 나란히 걷고 있었고, 나는 그때 나도 모르게 평생을 너와 함께 걷고 싶다는 바람을 가슴에 새겼던 것 같다. 어쩌면 사랑이란 것은 우리 몸속에서 몰래 살고 있는 기생충과 같을지도 모른다는 생각이 들었다.

언제, 어디에서부터 시작을 한 건지, 살아 숨 쉬고 있었던 건지 전혀 알 수가 없고, 나도 모르는 사이에 너를 향한 마음은 욕심을 먹고 자라면서 자꾸만 커져 갔고, 조금씩 우리의 금쪽같은 관계를 좀먹기 시작했다. 허나, 그럼에도 불구하고 나는 여전히도 너의 귓가에 사랑의 앞 글자조차 속삭이지를 못했다. 사랑의 향기보다, 이별의 아픔이 더욱 크다면, 그때 난 어떡하나. 이런 두려움 때문일 수도 있겠다. 물론 당연히 너의 가장 옆자리에 오랫동안 머물고 싶었지만 고작 미련한 나의 욕심 하나 때문에 소중한 네 손을 그만 놓쳐 버리는 것은 미치도록 싫었다. 그리하여 나는 오늘도 너의 뒷모습만 바라보고 있었다. 너의 앞에 설 자신이 없어서 나에게서 점차 멀어지는 그 뒷모습을 향해 사랑하는 마음을 몰래 내던져 아무도 들을 수 없게 은밀히 고백을 했다.

그러다 가끔 어쩔 수 없이 너와 손이라도 맞닿거나 시선이라도 마주치게 되었을 땐, 손끝의 심한 떨림과 함께 잠시 동안 마주치는 눈동자에 헛된 사랑을 집어넣고 주입하고 같은 사랑을, 또 같은 말들을 반복하며 번복하고 죽은 사랑의 터에서 혼자 목 놓아 소리 없이 울었다. 하늘 또한 금방 내 마음을 눈치챘는지 함께 눈물을 흘려주었다.

그리고 난 얼마 지나지 않아 집으로 돌아가선 전신 거울 앞에 몸을 내세웠다. 유리에 비친 내 모습에선 조금의 근사함이나 아름다움도 찾아볼 수가 없었다. 딱, 초라함. 그 자체였을 뿐이었다. 결국 씻지도 않은 더러운 두 손을 얼굴을 향해 갖다 댔다. 멍청한 사랑에 목매는 짓은 너무 한심하다며 나는 거울 속 미친 사람의 뺨을 세게 때렸다. 그렇지만 이렇게 한다고 해서 결코 빠져나올 순 없는 노릇이었다. 알맞게 부어오른 빨간 두 뺨을 타고 흘러내리는 뜨거운 눈물을 뒤로한 채, 이제 그만 포기해야만 한다며 마음을 몇 번이고 굳게 먹고, 서글픈 가슴을 애써 달래도, 너라는 존재 앞에만 서면 온 세상과 하늘이 산산조각이 난 채로 우르르 무너져 내리곤 했으니.

나는 결국 이런 모습으로, 계속 살아가고야 말겠지. 이렇게 자꾸만 무너져 내리고 말겠지. 한때 행복했던 설렘이 씻을 수 없는 비참함으로 변질되는 과정 속에서, 사랑이 아픔으로 뒤바뀌는 모든 암흑 같은 순간들 속에서. 끝내 잡히지 않는 사랑의 손을 잡으려다 또 한 번 돌부리에 걸려 넘어져 울음을 멈추지 못하겠지. 영원히. 아주 영원토록 말이야.

미친 슬픔

아 참, 벌써 약을 먹지 않은 지 어느덧 한 달에 가까워지고 있습니다. 이젠 약이 아닌 술에 의지하면서 하루하루를 연명해 가는 중입니다. 뭐라고 해야 될까, 행복을 사치로 여기고 슬픔을 주식 삼아 겨우 살아 내는 과정에 있다고 해야 할까요. 아아, 왜 자꾸만 슬픔의 늪에 몸을 담그려고 하냐고요. 그냥, 어차피 가질 수 없는 행복을 붙잡기보단 차라리 가지기 쉬운 불행과 슬픔한테 기대어 살아가는 것이 더욱 쉬울 것 같아서요.

그냥 포장 없이 솔직하게 말해 볼까요. 나는 그 무엇도 가질 자격이 안 됩니다. 그 어떤 무엇도 사랑할 수 있는 그릇이 안 됩니다. 내 그릇은 너무 작고 또 좁아터져서, 짙은 슬픔 말고는 그 무언가도 담아낼 수가 없습니다. 행복을 바란 적 없습니다. 슬픔을 바랐을 뿐입니다. 아무도 내 슬픔을 이해할 수 없으며 내 상처를 가늠할 수 없을 겁니다.

그들이 무엇을 상상하고 예측하든 나는 그 이상의 슬픔 속에서 살아가고 있고 또 그 이상의 상처를 가슴에 품은 채 아파하고 있으니까요. 그래서 난 오늘도 이렇게 살아갑니다. 행복을 끌어안을 용기조차 없어 슬픔만이 가득 깔린 도로 위를 터벅터벅 걸어 다니고 있습니다. 슬픔의 맛이 어떠냐면요. 글쎄요. 처음엔 꽤 달콤하나 끝부분은 조금씩 쓰리기도 합니다. 어쩌면 우리들이 즐겨 취하는 사랑 또는 술과도 비슷한 존재일 수도 있겠군요. 허나 그럼에도 불구하고 나는 슬픔들을 사랑합니다.

슬픔이 없는 세상은 현재 나에겐 도저히 상상할 수조차 없습니다. 슬픔의 손을 잡고서 난 어디로든 갈 수 있을 것 같습니다. 솔직히, 이렇게까지 슬픔에 미친 사람이 될 줄 누가 예상이나 했겠습니까. 만약 슬픔이 질병이라면 나는 지금쯤 이미 죽었을지도 모르는 일이죠. 하지만 어쩔 수 있겠습니까. 난 슬픔을 지울 수 없어 끝내 행복을 지워 버리고 말았으니. 행복할 자격이 없어 슬픔을 세게 끌어안고야 말았으니. 언젠가 슬픔과 맞잡은 이 손을 놓아줘야 할 때가 찾아온다면. 슬픔과의 이별을 마주해야 할 순간이 찾아온다면 나는 아마도 더 이상 어떤 삶의 이유도 찾지 못한 채 그대로 두 눈을 감아 버리고 말겠죠.

슬픔이 없으면 나도 없으니까. 슬픔이 사라지면 나도 사라지는 것이나 마찬가지니까. 내 세상은 온통 슬픔의 물감으로 잔뜩 뒤덮인 살아 있는 지옥이니까. 그러니 난 영원토록 슬픈 사람이 되어 슬픈 사랑을 하고 슬픈 삶을 살겠습니다. 슬픈 눈동자를 하고 슬픈 목소리를 담고 슬픈 마음을 품은 채로, 그렇게 계속 살겠습니다. 슬픔이 곁에 없으면 정말 슬픈 사람이 될 것 같아서요.

설령 당신이 이게 무슨 말인지 전혀 이해하지 못하더라도 난 괜찮습니다. 누군가에게 이해받기 위하여 슬픔을 파는 쓰레기는 아니거든요. 그저, 슬픔에 미쳐서 슬픔을 사랑하는 중인 안타깝고 불쌍한 미친 사람일 뿐.

국화꽃

단 일주일만 죽은 사람이 되어 보고 싶단 생각을 했다. 나 같은 존재 하나 없이도 열심히 잘만 굴러가는 세상을 바라보는 것. 수많은 국화꽃 사이로 뜨거운 눈물이 비치는 이들을 바라보는 것. 그러나 바로 며칠 지나지 않아 모두들 각자 자신의 길을 열심히 걸어가고 있는 모습을 쓸쓸히 바라보는 것. 그렇게 나라는 존재가 잊혀 가는 과정을 지켜보고 인정하는 순간들. 그런 순간들 속에서 살아 보고 싶단 생각을 잠시 했다.

무수히 많은 숫자들이 담긴 연락처를 아무리 뒤져 봐도 반갑게 인사 나눌 누군가가 없다는 아픈 사실은 나를 더욱더 절망하도록 만들기도 했다. 그렇게 깊고 두려운 외로움의 길로 빠져들어선 언젠가 삶을 포기할 수 있는 용기를 가질 수 있지 않을까 하는 작은 희망 하나로 창가에 스며든 오늘의 햇볕을 마주할 준비를 하며 큰 마음먹고 커튼을 거둔다. 나만 이렇게 살아가는 것 같은 기분이 드는 이유는 뭘까. 나만 이렇게 고통스러운 듯한 감정이 차오르는 원인은 도대체 무엇일까.

아무리 목 놓아, 세상이 떠나가라 울고 싶어도 메마른 가슴은 그마저도 허락하질 않고 슬픔은 마치 죽은 사람의 몸을 어루만지듯 아름답고 다정하게 내 곁을 맴돌고 있다. 가끔 착각을 하기도 했다. 내가 우울해진 것인지. 우울이 나에게로 스며든 것인지. 내가 우울인 것인지. 우울조차 나인 것인지. 나는 내가 죽고 싶은 사람들 중 한 명일 거라고 생각했다.

그런데 왜 나는 내일을 위해 잠에 들 준비를 하는 것인가. 몸 한구석이 아파 오면 나도 모르게 병원을 무섭도록 찾아다니며 치료받기를 원하는 것인가. 어쩌면 나는 죽고 싶어 하는 사람이 아니라, 죽도록 살고 싶어 하는 사람이었던 걸지도 모르겠다. 죽고 싶단 뼈저린 외침은 이렇게 살고 싶지 않다는 하나의 구조신호였을지도 모르겠다. 과분히 사랑받고 싶었으나 사랑받지 못하여 지치고 삐뚤어진 내 마음은 여전히 너무나도 불쌍하며 안타깝다는 생각만이 머릿속을 맴돈다.

당신도 나와 같은 이유일까. 같은 우울일까. 같은 외침을 품고 살아가는 이들 중 한 명일까. 작은 구원이라도 꿈꾸며 밤잠 설치는 이들 중 한 사람일까.

과연 우리의 구세주는 누구일까. 그분의 모습은 아름다울까. 세상이 모두 타 버릴 듯이 따듯할까. 아님 하늘에 떠다니는 구름만큼이나 부드럽고 다정할까. 오늘 밤도 이루어지지 않을 구원을 기다리며 깊은 잠에 든다. 부디 일어났을 땐 하루의 시작을 알리는 태양을 바라보는 것이 두렵지 않기를. 슬픔의 미소가 아닌 슬픔 속에서도 잠시나마 미소 지을 수 있는 순간들이 찾아오기를. 마치, 나에겐 결코 허락되지 않을 기적처럼. 그렇게.

유예

　죽음을 유예하고 산다. 하루를 벌어 하루를 사는 사람처럼 가슴속에 깃들어 있던 희망마저 모두 잃어버린 채로. 그래서 매 순간에 충실하고 싶다. 언제든 떠나 버릴 수 있는 세상이라고 생각하나 막상 눈앞에 죽음을 앞두고 있다 보면 커져 버린 두려움에 나도 모르게 질끈 두 눈을 감아 버리곤 한다. 내일 아침엔 눈이 떠지지 않았으면 좋겠다는 작은 바람 하나를 어디에다 털어놓을 곳이 없어 내 자신에게 속삭이며 가슴 깊은 곳에 그 누구도 이해할 수 없는 그림자를 품고 살아간다.

　과연 내일은 얼마나 잔혹하게 찾아올까. 암흑 같은 내 삶에 그 언젠간 아침이 올까. 담뱃불을 붙이며 찾아오지 않았으면 하는 미래의 잔상을 애써 지워 보려 또다시 눈을 질끈 감는다. 오늘을 사랑하고 내일을 증오한다. 이 말이 과연 당신에게 위로가 될까. 아니면 울음의 출처가 될까. 그 어떤 의미로 다가가

든 간에 당신이 어떤 이유로든 아프지 않았으면 좋겠다. 벚꽃들의 노랫소리가 들려오는데 아직까진 춥다.

당신도 추위를 버티며 얼른 봄의 계절을 기다리고 있겠지. 곧 찾아올 설레는 계절에 기대나 바람 하나쯤은 품고 살아가고 있겠지. 나 또한 그렇다. 나는 나에게 다정한 안부를 한 번쯤은 물어보고 싶다.

밥은 잘 챙겨 먹었어? 요즘 몸 상태는 어때. 마음은 또 어떻고. 내가 그렇게 스스로를 미워하진 말랬잖아. 내가 그렇게 아파하진 말랬잖아. 너도 이젠 행복해야지. 좋은 사랑 찾아서, 좋은 계절 담아서 아름답게 네 삶을 꾸려나가야지. 이렇게 애정 어린 잔소리도 마음껏 해 보고 싶다. 나도 날 안아 줄 수 있다면 얼마나 좋으려나. 내 마음은 언제쯤 아프지 않게 되려나. 그러다가 문득, 이 글을 읽고 눈물을 아끼지 않을 당신이 걱정되기 시작했다.

잘 지내고 계십니까. 아니면 아파하고 계십니까. 그 아픔의 출처는 무엇입니까. 감히 그 어떤 것이 당신의 마음을 함부로 들쑤시고 얼른 도망가 버리고 맙니까. 당신도 죽음을 유예하며 살아가고 계십니까. 당신도 상처를 안주 삼아 슬픔을 마시고 계십니까. 어쩌면 이 모든 말들을 이해하고 있다면, 우리 두 사람은 참 닮아 있을지도 모르겠습니다.

　그 어떤 존재든지 당신을 그만 아프게 했으면 좋겠습니다. 당신의 그 아픔이 부디 숨을 거둬 주었으면 좋겠습니다. 더 이상 슬픔에 무너지지 마세요. 나는 불행해도 좋으니 당신이라도 행복하세요. 난 당신의 사람이 아니고 당신의 사랑이 아니며 당신의 삶에 대해 함부로 말할 자격조차 없는 사람이지만 그래도 감히 당신의 슬픔이 죽음을 맞이하기를 간절히 바라겠습니다.

　어떤 사랑에서든, 어떤 새벽에서든. 아프지 마세요. 꾸준히 밥도 잘 챙겨 먹고 사람들과 즐거운 시간도 보내며 어떻게든 잘 살아가세요. 그것이면, 그것이면 나는 되었습니다. 부디 이 초라하고 부질없는 모든 문장들이 훗날 아름다운 유언으로 기억되기를. 오늘 또한 슬픔을 삼키다 체한 마음을 달래 보며.

이름

가슴속에 깊이 담아 둔 문장 하나가 있다.

"다음 생엔 너로 태어나 나를 사랑해야지."

그런 문장이었던가. 누구나 그런 아픔 하나둘쯤 품고 살아간다지만, 그저 이름 석 자가 이렇게 내 가슴을 아프게 들쑤셔 놓을 줄은 몰랐다. 며칠 전 아름다우나 서글픈 당신의 소식이 귓가에 들려왔다. 나보다 더 좋은 사람을 만나 좋은 사랑을 하고, 곧 결혼까지 준비하고 있다고 했었던가.

그런 소식을 접하고 당신의 안부가 너무 궁금한 나머지 난 어쩔 수 없이 당신에게 오랜만이란 핑계로 전화번호를 눌러 통화 버튼을 눌렀다. 끊이질 않고 계속 반복되는 신호음 속에서 난 분명 받지 않겠지. 시간도 많이 늦어서 지금 잘 시간일 수도 있고, 그래 내 전화 따위 받아서 자기한테 좋을 게 뭐가 있겠어. 그저 마음만 불편하게 만들어 놓는 거지. 끊자. 잊자. 사랑했던 감정들을 떠나보내자.

이런 생각을 하던 도중, 울리던 신호음이 끊기고 꽤나 반가운 목소리가 들려왔다. 아, 받을 줄 몰랐는데 늦은 시간에 미안해. 어때, 잘 지냈어? 그럼 다행이네. 너 곧 결혼한다며. 정말 축하한다. 진짜 오랜만에 너무 옛 기억도 아른거리고 그래서 전화해 봤지. 아무튼 너, 많이 행복해 보이더라. 그 사람은 어때, 너한테 많이 잘해 줘? 그렇구나. 진짜 다행이다. 어? 진짜 축하해 줘야 할 상황인데 왜 갑자기 울고 그래. 아, 슬픈 영화 보고 있었다고? 아 누구나 그럴 때 있지. 이해해. 너도 꼭 행복하라고? 나야 늘 행복하지. 너도 꼭 행복만 하기를 바라. 잘 지내고. 그래. 끊을게.

길고 길었던 전화가 끝나고 나서 문득 거울을 바라보니 식은 땀을 줄줄 흘리고 있는 내 자신을 발견했다. 나도 모르게 오랜만에 듣는 반가운 목소리에 긴장을 한 탓인가. 조금 더 버벅거림 없이 말할 걸 그랬나, 하는 생각에 약간의 후회와 아쉬움이 남았지만 그래도 눈물을 흘리지는 않았다. 어린아이처럼 펑펑 우다고 해서 아무것도 달라지는 것은 없을 테니.

그런데, 잠시라도 마음이 흔들릴 때면 눈물부터 보이던데, 내가 기억하는 네 모습은 여전히 그대로구나. 내가 그토록 애정했던 미소도, 그토록 안아 주고 싶었던 눈물마저도 모두 다 여전히 제 모습을 잃지 않았구나. 나는 사실 전생이나 다음 생을 믿지 않는 사람이었지만 널 축복해 주는 그 순간만큼은 아주 잠깐이나마 못된 마음을 먹어 보고 싶었다.

다음 생엔 너로 태어나 나를 사랑하고 싶다고. 꼭 그렇게 하고 싶다고. 설령 우리가 운명은 아니었다고 할지라도, 못다 한 인연을 다시금 다음 생에서라도 이어 나가고 싶다고. 그렇게 말이야. 부디 다음 생엔 당신으로 태어나, 어디에 있든지 날 찾아내서 또다시 달콤한 사랑에 빠지고 싶다. 그땐 부디 무심한 하늘이 우리를 갈라놓지 않았으면 좋겠다. 허락될 수 없는 욕심이었나. 너무 낡아 버린 사랑이었나. 그래도, 그렇게 당신으로 살아가며, 나를 쭉 사랑할 수만 있다면. 만약 그것마저도 허락되지 않는 운명에 놓여 있다면, 단 한 번만이라도 당신이 되어 나를 심장 터질 듯이 있는 힘껏 껴안은 채 울어 볼 수만 있다면. 그렇게 당신의 이름으로 울어 볼 수 있다면. 그럴 수만 있다면.

도망가자

제법 쌀쌀한 바람에 온 세상이 나를 등져 버린 것 같은 느낌을 받았다. 슬픔은 애써 참아 왔던 배고픔을 이겨 내지 못하고 끝내 나를 집어삼키고 말았다. 난 누구의 어깨에 기대어야 하나. 누구의 가슴에 안겨, 무너져서 울어야 하나. 차가운 방 안의 공허함을 가득 채워 주는 외로움을 주식 삼아 연락처를 미친 듯이 뒤져 봤다.

그러나 내가 원하던 관계는 없었다. 내가 그토록이나 꿈꿔 왔던 세상 또한 없었다. 그저 통화와 메신저 전송버튼을 누르기엔 망설이게 만드는 번호들만 가득했다. 메마른 가슴은 여전히 눈물을 허락하지 않았고 난 눈물 없이 울 수밖에 없었다. 그렇게 슬픔의 잔고가 모두 바닥나고 나서야, 난 다시금 의미 없는 희망일지라도 품을 수 있었다. 언젠간 좋은 날이 오겠지. 언젠간 내 세상도 오겠지. 모두 다 잘될 거라고 장담할 수는 없겠지만 모두 다 잘되어 가는 과정 중에 있는 것이겠지.

희망이란 녀석은 꽤나 잔인했다. 매번 그럴듯한 직감과 분위기를 심어 놓곤 기대와는 전혀 다른 결과로 나의 삶을 여러 번 무너뜨리곤 했었다. 그렇지만 난 여전히 희망을 손에 쥐고 놓아줄 줄을 몰랐다. 아니, 놓아주는 법을 몰랐다. 아니, 놓아줄 틈조차 없이 거센 파도처럼 몰려오는 불안과 불행들이 내 새벽을 덮쳐 왔다. 그래서 난 희망을 더욱 세게 꽉 쥐었다.

이것마저 없다면 정말 살아갈 이유를 잃어버리는 것이나 마찬가지기에. 작은 희망 하나 없는 삶을 제대로 된 삶이라고 칭하기엔 모순적인 부분이 없지 않아 있었기에. 벌써 내 창틈으로 들어오던 햇볕이 줄어들고 있다. 해가 기울어 가는 소리가 들려온다. 곧 달이 찾아와선 저녁 안부를 묻겠지만 나는 결코 답장을 남기지 않을 것이다. 오로지 쓸쓸한 새벽만이 내 슬픔을 이해하고 가슴 터질 듯이 다정히 안아 줄 테니.

그렇게 다정한 새벽이 오길 기다리기로 마음을 먹었다. 저녁 달이 기울었다. 이젠 달이 보이지 않는다. 차가웠던 바람도 마음을 금세 다친 것인지 이리저리 휘청거리더니 어느새 모습을 감춰 버리고 말았다.

나는 차가운 바닥에 웅크려 앉아 계속 새벽을 기다렸다. 어느새 시간은 오전 세 시. 드디어 기다리고 있던 새벽이 끝끝내 날 찾아와 귀에 아름답고 달콤한 말들을 속삭였다. 모든 슬픔을 등에 졌으며 지워지지 않는 상처를 가슴에 품고 아파하는 이여. 나와 함께 도망가자. 잔혹하고 매정한 세상 따윈 등 뒤로 돌린 채 도망가 버리자. 아주 멀리. 그 누구도 찾을 수 없는 곳으로. 아주 멀리 말이야.

새벽의 아름다운 속삭임은 결코 틀린 부분이 없었다. 나는 한 치의 망설임도 없이 새벽이 내민 손을 잡았다. 결국 그 끝이 지독한 파멸이나 부서지는 절망뿐일지라도 크게 상관은 없었다. 이미 난 이 생에 미련을 버렸으니. 내가 그토록 원하고 꿈꿔 왔던 세상은 이미 형체를 알아볼 수 없을 만큼 짓밟히고 부서지다 못해 끝내 죽어 버렸으니. 나 또한 이제 그만 사라져도 괜찮겠지. 이젠 조금이나마 편안해질 수 있단 안도감을 느끼며 옥상 끝자락에서 발을 뗐다.

다정한 새벽의 손을 잡고 이 세상의 끝을 끌어안고서.

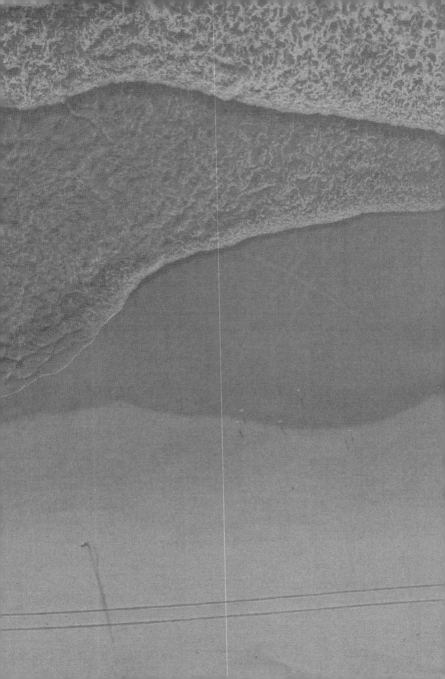

2

사
라
지
는　당
신

각인

우린 처음이자 마지막으로 바다 곁에 머물고 있는 모랫길을 함께 걸었다. 매 순간 걸음걸음마다 모래알이 잔뜩 신발에 씹혀 왔다. 나는 끝내 어색한 침묵이 익숙지가 않아 눈앞에 보이는 바다를 삼켰다. 너는 입술을 꽉 깨문 표정으로 내게 물었다. 그토록 고뇌하고 두 사람 모두 바라왔던 끝이라는 것이, 왜 하필이면 바다 앞에서의 이별이냐고. 난 꽤나 단순하게 답했다. 네가 바다 보는 걸 그렇게나 좋아했지 않았냐고. 마지막 순간 너와 내게 남을 기억이 아름다울 수 있길 바라는 마음뿐이라고.

그러자 너는 예상치 못한 울음을 터뜨렸다. 그러며 나를 책망하는 말들을 쏟아부었다. 아름다운 이별 같은 것이 세상 어디에 있냐고. 아름다운 추억마저 모두 상처로 남는 게 이별인데. 어째서 날 이렇게까지 가슴 아프게 만드냐고. 그 말을 조용히 듣고만 있던 나는 무심히 네 손을 잡았다. 그리고는 아무 말도 하지 않고 계속 모래사막을 걸었다.

바다는 출렁이는 파도 없이 잔잔했고, 달빛은 은은하게 그 위를 비추었다. 네 말이 결코 틀린 것은 아니었다. 아름다운 이별 같은 건 잔혹한 이 세상에 존재하지 않았다. 그렇지만 어쩔 수가 있는가. 사랑했던 계절의 냄새를 조금이나마 더욱 추억할 수 있게 해 주는 것만이, 나중에 시간이 흐르고 흘러, 내가 아닌 다른 누군가와 함께 우리라는 호칭을 쓰며 나와 함께 봤던 바다를 보러 오게 된다고 할지라도 조금이나마 날 추억할 수 있는 순간의 기억을 만들어 주는 것만이, 그동안 네 가슴에 자꾸만 난도질을 했던 내가 마지막으로 할 수 있는 배려이자 도리가 아닐까, 하는 마음뿐이었는데.

사실은 너무나도 이기적인 마음이었을지도 모른다. 내가 너의 곁에 잠시 살았다는 사실을 네 가슴에 흉터처럼 각인하려는 내 모습이 많이 원망스러웠고 미치도록 혐오스럽기도 했다. 하지만 이렇게라도 하지 않으면 널 놓아줄 수가 없을 것만 같았다. 가끔 궁금한 마음뿐이다. 지금 넌 어디에 살고 있을지. 어느 누구를 당신이라 칭하며 사랑을 나누고 있을지. 혹여나 내가 기억하는 그날 그 밤의 바다를, 너도 삼키고 가슴속에 새겼는지. 여전히 그 바다는 우리의 가슴 아픈 사랑을 기억하고 있는지.

어쩌면 그날 우리가 눈물 대신 삼켰던 바다는, 꽤나 여러모로 슬픈 바다였을지도 모른다는 생각에, 그때 흘리지 못한 눈물을 지금 힘겹게 쏟아 내고 있다. 참, 그랬다. 너는 아닐지 모르겠으나 내가 기억하고 있고 우리를 기억하고 있는 그 바다는 여전히 파도 없이 이별의 냄새를 잔잔하게, 또 은은하게 풍기고 있을지도. 갑자기 이런 생각이 들었다.

그날 바라봤던 그 바다의 이름은 무엇이었을까. 이별이었을까. 아니면 사랑이었을까. 우린 사랑이었을까. 이별이었을까.

잔상

도저히 형체를 알 수 없는 무언가의 시끄러운 비명들이 귓가에 쏟아졌다. 그 비명은 참 시끄럽기도 했지만 꽤나 커다란 서글픔과 고통을 안고 있는 듯했다. 아무리 내가 꿈에서 깨어나고자 양손의 검지 손가락에 힘을 줘 봐도 아무런 미동조차 할 수 없었다. 어릴 적 젖 먹던 힘까지 모두 소진하고 나서야 가까스로 무거운 머리를 뜨거운 베개에서 떼어 낼 수 있었다.

또한 그토록이나 궁금했던 비명을 지르던 무언가의 정체를, 나는 깊은 잠자리에서 일어나자마자 왼쪽 약간 먼 곳에 위치한 적당한 크기의 거울에서 보았다. 그곳에는 당신이 있었다. 무섭게도 서글픈 비명의 주인공은 내가 아닌 바로 당신이었다. 거대한 파도처럼 몰려온 서글픔에 잔뜩 찡그린 얼굴을 기를 쓰며 가리고 있는 가냘픈 손목. 그리고 그 얇고도 짧은 검지와 중지 사이에서 약간씩 흘러내리는 뜨거운 눈물.

그 모습들은 결코 현실이 아닌 단순한 환상임에 불과했으나 그것들이 보여 주는 슬픔에 못 이겨 나 또한 함께 울음을 터뜨리고 말았다. 세상 모든 이가 따뜻한 잠자리에서 평온한 꿈을 꾸고 있었을 그 시각에, 나는 당신의 잔상과 함께 차가운 새벽을 보내었다. 한참을 그렇게 넋 놓고 울부짖다가, 겨우 눈물을 닦고 또다시 거울을 바라보았을 때. 거울은 더 이상 당신을 비추고 있지 않았다.

벌써 수차례의 밤을 이렇게 당신의 남은 잔상과 함께하고 또보내 주는 과정을 거치며 지내 왔다. 물론 너무나도 괴로웠으니 당장에라도 정말 얄미운 이 거울을 부숴 버리고 싶었지만, 나는 그럴 수 없었다. 이젠 더 이상 바라볼 수 없는 당신의 그 아름다운 모습을, 하루 스물네 시간을 또 버티면, 한 번쯤은 다시 마주할 수도 있을까 봐. 이 거울은 반드시 우리의 사랑을 슬프게나마 비추어 줄 테니까.

세상 그 무엇보다도 가장 원망스럽고 또 한편으론 고맙기도한 그 거울 앞에 나는 비쩍 마른 몸으로 서 있다. 그리고는 방금 차가운 물에 적신 깨끗한 수건으로 조심스레 거울에 붙은 작은 먼지들을 닦아 내며 한 가지의 부탁을 남겼다.

물론 나에게 있어 현재 하루의 스물네 시간은 상상할 수 없을 만큼 거대한 아픔 속에서 허우적거릴 시간일 수도 있겠지만, 만약에, 아주 만약에 내가 그 시간들을 다 버텨 내고 내일 새벽녘까지 심장의 뜀박질이 여전히 멈추질 않고 있다면, 그땐 한 번만 더, 마지막이라도 좋으니 딱 한 번만 더 그 사람을 마주할 수 있도록 해 줄 수 있겠습니까. 작고 얇은 손가락들 사이에 흐르고 있던 눈물을 닦아 주고, 퉁퉁 부어 있는 얼굴을 좀 어설프게 가린 두 손을 모두 치워 주고, 잠시나마 굉장히 다정하고 따뜻하게 안아 줄 수 있도록, 부디 그렇게 할 수 있도록 허락해 줄 수 있겠습니까.

그렇지만 만약에, 아주 만약에, 오늘 밤을 마지막으로 그 사람을 두 번 다시는 볼 수 없게 된다면 말입니다. 부디 나를 대신하여 미안하단 말을 그 사람한테 전해 줄 수 있겠습니까. 당신이 가진 아픔의 이유가 나였다면, 당신의 눈물의 출처가 나였다면, 이젠 내가 존재하지 않는 그 세상에서 웃음꽃만 가득 피우며 행복하게 살아가달란 다정한 부탁 한 번만 대신 전해 줄 수 있겠습니까.

당신

허나 무심한 거울은 아무런 대답을 하지 않았고, 빈방에 홀로 서 있는 내 모습을 중심으로 나는 조금씩 현실을 자각했다. 그래, 맞다. 그랬었지. 당신은 죽었다. 나도 따라 죽었다. 우리의 사랑 또한 죽었다. 그 세상 그 계절 그날에 우리의 인연을 점지어 준 하늘에 계신 어떤 분마저도 죽었다. 모든 것은 부서진 기억의 파편이 되었고, 더는 눈앞에 남아 있는 낭만 따윈 없었다.

나를 향했었던 당신의 사랑은 이미 오래전에 안타까운 죽음을 맞이했고, 당신을 향했던 나의 사랑 또한 앞으로 평생을 홀로 괴로움에 몸부림치다 결국 고독사할 운명인 것이었다. 참으로, 이처럼 아름답고도 슬픈 결말이 세상 어디에 또 있단 말인가. 그저 의미를 알 수 없는 헛웃음만 뱉어 낼 뿐이다. 당신 없이 찾아오는 잔인한 아침 햇살을, 아픔으로 잔뜩 물든 몸과 마음으로 있는 힘껏 맞이하며.

악몽

깊은 꿈에서 깨어나 잠자리를 들여다보면 언제나 땀에 흥건히 젖어 버린 얇은 베개가 가장 먼저 눈에 들어온다. 그러다가 문득 창문에 비친 내 모습을 바라볼 때면 땀방울이 한껏 맺혀 있는 이마 또한 내 신경을 자극한다. 이런 모습을 할 정도라면 꽤나 지독하게도 잔인하고도 깊은 악몽을 꾼 것 같은 느낌이 드는데, 무슨 꿈이었는지에 대해서는 명확히 기억이 나질 않아 항상 찝찝한 기분이었다.

잠시 축축한 잠자리를 벗어나 반지하 방 창가 옆에 놓인 의자에 몸을 기대어 담배 한 대를 입에 물었다. 약간 어지럼증과 메스꺼운 느낌과 함께 연기가 방방 곳곳으로 흩어졌다. 그리고 문득, 당신의 미소가 떠올랐다. 아무리 찾아봐도 이유는 찾아지지 않았다. 찾아지지 않는 이유를 굳이 억지로 찾을 필요가 뭐 있나. 그저 흩어지는 뜨거운 안개 사이로 보이는 미소 띤

얼굴을 감상했다. 그리고 그 표정이 살며시 전해 주는 다정함
을 마음껏 음미했다.

그러자 차갑게 식은 눈물이 입가를 타고 흘러내리기 시작했
다. 뜨거운 눈물이라면 그만큼 내 가슴 한켠에 남아 있는 애타
는 그리움마저 다 내보낸다고 생각하며 속이라도 후련해질 수
있을 텐데, 나는 어째서 차가운 눈물을 흘렸는가. 나는 어째서
눈물이 메마른 게 아닌 식어 버린 사람이 된 것일까. 평소에는
잘만 웃고 잘만 울었던 일상 속에서 왜 당신 생각에만 사무치
면 나는 뜨거운 청춘 속에서 추운 겨울의 눈물을 흘리는가.

어쩌면, 우리가 더 이상 우리일 수 없을 그 순간이 찾아왔을
때 무작정 흘려 댔던 뜨거운 눈물들이 이젠 모두 차갑게 식어
버린 걸지도 모르겠다. 우린 더 이상 우리라는 꽃말을 달아 놓
을 수 있는 사이가 아닐 테니. 서로를 당신이라 칭하며 사랑을
노래할 수 있는 계절은 이미 숨을 거둔 지 오래일 테니. 갑자기
원인을 알 수 없는 두통이 나를 덮쳐 왔다. 머리카락들을 잔뜩
쥐어 잡고 고통에 몸부림치다, 그러다가 아까 식은땀까지 뻘뻘
흘리며 꾸었던 꿈의 출처를 알아냈다. 너무 뻔하고도 당연한

결말이겠지만 그 꿈에서는 당신이 등장했다.

그리고 당신과 함께 손을 맞잡은 내가 보였다. 그렇게 사랑을 하는 우리의 지나간 그 계절의 냄새가 느껴졌었다. 맞다. 정말 뜬금없을 수도 있겠다만 불현듯이 떠오른 말인데, 본래 꿈이란 것은 인간의 뇌 속에 잠재된 무의식을 통해 만들어진다고 한다.

아아, 그런 거였나. 나의 무의식은 온통 당신으로 가득 차 있었나. 당신은 나의 무의식이었나. 아님 당신은 나의 우주였나. 그렇다면 당신은 내게 어떤 계절이었고 나는 당신에게 어떤 꿈이었을까. 어쩌면 나는 슬프도록 아름다우나 이루어질 수 없는 꿈을 꾸었던 것인지도 모르겠다. 나란 존재가 당신한테 되도록 지독한 악몽으로 남진 않았으면 하는 마음뿐이다. 그저, 그런 마음뿐.

보랏빛

얼른 사라져 버렸으면 좋겠다고 수백 수천 번을 원하고 갈망
해도 막상 사라지게 된다면 슬픔을 마주할 수밖에 없는 것. 그
대상은 점차 흐릿해져 가는 너의 잔상이었다. 음, 옛말에 동물
은 죽어서 가죽을 남기고 사람은 죽어서 이름을 남긴다고 했지
만 사랑은 죽어서 또 다른 사랑을 남기고 간다.

나는 너의 특정한 어떤 부분들만 사랑했던 것은 절대 아닐
테니 분명 너의 잔상들 또한 정성 어린 내 사랑을 조금씩 먹고
자랐을 것이다. 글쎄, 아마 이름 모를 누군가가 그랬던가. 내가
사랑했던 모든 것들은 언젠가 날 눈물짓게 만든다고. 설령 그
렇다고 할지라도 만약에 눈물마저도 사랑의 일부라면, 부서진
사랑의 파편들 중 하나라면 나는 핏물을 쏟아 낼지언정 그 유
리 조각들을 입안으로 쑤셔 넣어 꼭꼭 씹어 먹고 말 테지.

글을 쓰다가 문득 피를 떠올리니 세상 그 무엇보다도 진한

붉은색이 선명히 머릿속에 그려졌다.

　아. 맞다. 그러고 보니 너는 붉은색을 매우 애정했던 사람이었다. 새빨간 립스틱을 입술에 바르는 것을 즐겨했고, 새빨간 원피스나 치마를 입는 것을 선호했고, 심지어는 영화관 좌석의 색깔마저도 온통 빨간색이었으면 좋겠다며 간절히 소원을 빌었던 것 같다. 하지만 그런 너와 반대로, 나는 파란색을 무척이나 애정하는 사람이었다. 파란 침대에 누워서 파란 베개를 베고 파란 이불을 덮고 자는 일상이 너무나도 행복했다.

　그렇게 너와 나는 서로 좋아하는 색깔이 아예 달랐다. 그렇게 봤을 때 우리 둘은 어쩌면, 절대로 함께 섞일 수 없는 물감이었던 것일지도 모르겠다. 또한 그러고 보니 빨강은 열정적인 사랑을 의미하고 파랑은 짙은 우울을 나타낸다고 했던 것 같은데.

　그래서 그랬을까. 넌 내게 끊임없는 사랑을 주었지만 나는 네게 아주 짙은 슬픔과 우울만을 가득 안겨 주었다. 그리고 서로 전혀 다른 이 두 가지의 색이 섞이게 되었을 때 탄생하게 되는 새로운 색, 보라색. 보라색은 사라지지 않는 외로움을 상징한다고 익히 들어 알고 있었다.

아아, 그랬구나. 결국엔 그랬던 것이로구나. 너는 애초에 붉은 사람이었고 나는 애초에 파란 사람이었다. 우리는 그렇게 섞였으며 보라색을, 즉 외로움을 탄생시켰다. 허나 그 외로움의 몫은 온전하게 나에게 달려 있었다. 네가 없는 내일은 외로움의 색으로 온통 물들어 있었고, 오로지 보랏빛 삶만이 나를 기다리고 있었다. 결국, 지난날을 돌이켜 보면 전부 그랬다. 하나의 오차도 없이 완벽히 똑같았다.

계절은 사랑을 불러오고, 사랑은 아픔을 불러오고, 아픔은 이별을 불러오고, 끝내 이별은 추억을 불러오고, 추억은 그리움을 불러와선 나의 새빨간 심장이 얼마 가지 않아 새파랗게 질려 도망갈 만큼 공포스럽고 잔인한 날을 선물해 주고 갔다. 나에게 있어 가장 큰 공포이자 잔인함은 너라는 존재의 소멸이었고, 너의 소멸은 곧 사랑의 죽음이었으며 또 사랑의 죽음은 바로 내 생애 가장 아름다웠던 시절들의 끝을 의미하고 있었다.

나는 결코 이러한 현실을 인정할 수 없었으나 두 눈을 감아도 심장의 눈은 감기지 않았다.

오히려 매 순간 들여다볼 때마다 아픈 너의 잔상과 우리의 예쁜 추억만 계속 그리워하게 될 뿐이었다. 바로 그때, 왼쪽의 손목이 입을 열어 내게 먼저 말을 걸었다. 자신을 이용해서 너를 지우라고 했다. 그 달콤한 유혹에 이끌린 나머지 나는 내 손목에 아픔을 새겼고, 시간이 얼마나 흘렀을까. 과연 몇 초가 지났을까. 뜨거운 붉은 색이 온통 내 손목을 휘감고 말았다. 그런데, 그 색깔은 마치 너와 똑같이 닮아 있었다. 마치 너를 새겨 놓은 것만 같았다. 네가 내 곁에 함께하고 있는 것만 같았다.

   그 이후로 나는 추억이 떠오를 때마다 악마가 내민 유혹의 손을 잡고선 손목에 붉은색을 가득 새겨 놓았고, 그렇게 새하얀 내 손목은 어느새 금방 붉은 색깔로 물들었고, 손목에 맺혀 있던 사랑은 끝내 서러움을 참지 못하고 울음을 터뜨렸다. 사랑이 마냥 울었다. 나는 물었다. 붉은 손목이 그녀를 무척 닮았는데, 마치 그녀와 함께인 듯한 기분에 정말 행복해서 미칠 것만 같은데, 왜, 도대체, 어째서 이렇게도 서글픈 마음이 자꾸만 생겨나는 것이냐고. 사랑은 울먹이는 목소리로 내 귓가에 조용히 속삭였다.
   아무리 손에 넣으려고 애를 써도 가질 수 없는 사랑이 존재한다고. 그 말을 난 이해하고 말았다. 그리고 나 또한 함께 울었다. 그렇게 투명한 눈물은 붉은 물감에 흡수되어 존재를 감추었다. 나는 그렇게, 붉은 눈물을, 또 붉은 사랑을, 또 붉은 아픔을 흘렸다. 나는 그렇게 살기로 다짐했다.

솔직한 말로다가 그 색깔들은 전부, 내 눈에만 온통 붉어 보일 뿐이지 다른 이들의 눈엔 그저 외로움을 잔뜩 품은 보랏빛에 불과하단 잔인한 사실을 새까맣게 잊어버린 채로. 보랏빛 사랑을 붉은 사랑이라 굳게 믿은 채로. 어쩌면 이건, 보랏빛 핏물의 사랑일지도 모르겠다.

당신을 쓰다 손목이 아파서

굵은 바위처럼 무겁고 단단했던 사랑과는 다르게, 마치 깃털처럼 가볍고도 가냘픈 당신의 뒷모습은 평소 무섭고 잔인한 것을 즐겨 보던 나로서도 도저히 두 눈을 뜬 채론 지켜볼 수 없을 정도로 무척 잔인한 장면들 중 하나였다. 나를 향해 그 짧고 얇은 다리로 순식간에 멀고 먼 거리를 질주하며 달려왔던 귀엽고도 아름다운 당신의 앞모습을 봤을 때 나는 이것이야말로 행복이라고 가슴속에 깊이 새겼었고, 끝내 나의 곁을 떠나 뒤돌아선 차가운 당신의 뒷모습을 나는 그저 아픔이라고 기록할 수밖에 없었다.

당신은 세상 그 무엇과도 바꿀 수 없는 거대한 행복으로 내 삶의 중심부에 머물다가 이젠 씻을 수 없는 잔인한 아픔이 되어 떠났다. 당신이 떠나가던 그날, 세상에는 눈이 아닌 안개가 쏟아졌다. 그것은 새하얀 눈처럼 마냥 무겁지도 않았고, 그렇다고 해서 또 수증기와 같이 마냥 가볍지도 않았다. 눈이 설렘과 희망을 의미하고 있다면 안개는 상처와 아픔을 암시해 주는 존재인 것일까.

아아, 그렇다면 아마 슬픈 안개쯤 되겠다. 나는 그렇게 당신을 잃음으로써 슬픈 안개 속에 갇혀서 그 무엇도 볼 수 없는 사람이 되었다. 안개는 죽어 버린 사랑을 애써 위로하고 있었고 나는 그 안에서 곧 시체처럼 변해 버렸던 싸늘한 당신의 목소리를 끌어안고서 미친 듯이 눈물을 쏟았다. 눈물은 사랑의 아픔을 추억하는 마지막 기록이 되었고, 안개는 끝내 나를 집어삼켜 나의 삶을 세상에서 완전히 지워 버리고 말았다. 나는 사라진 나의 삶을 되찾기 위한 노력보다, 지워진 당신의 흔적들을 미치도록 기록하려고 애를 썼다.

내가 써 내려온 무수히 많은 글에는 당신이란 단어가 들어가지 않은 적이 없었고, 또 당신이 수신인의 위치가 아닌 편지를 쓰려고 할 때면 심지어 초라하기에 짝이 없는 싸구려 볼펜조차도 움직이길 거부했다. 매일 손끝에선 한 줄기의 죽음이 새로 피어나고 시들어 버린 사랑이 져 버렸다. 하지만 가끔 이런 생각이 들어 거대한 불안함에 젖어 들기도 했다. 나에게는 몇백

장은 될 법한 가득 차오르는 많은 이야기들이 과연 당신에겐 몇 글자 정도에 이를까.

당신을 향한 내 마음은 온 세상을 통째로 집어삼킬 수도 있겠지만 나를 향한 당신의 마음은 과연, 세상 어딘가에 존재하고 있기는 한 걸까. 솔직히 우리의 사랑이 되살아나는 것까진 바라지 않았다. 그것은 결코 이루어질 수 없는 크나큰 욕심인 것을 알기에. 그저 내가 생각하고 추억하는 것의 딱 일부분만이라도 당신이 나를 떠올리고 그리워해 줬으면 싶은 마음뿐이었다. 그렇지만 그것마저도 나에게 있어 과분한 소원이라면, 뭐 나로서 어쩔 수가 있겠습니까.

결국 주어진 것에 만족하고 받은 사랑에 고마워할 줄 알아야 하듯이, 이미 내 삶에 주어진 이별이란 운명에 더 이상 미련을 갖지 않으며 만족하고, 당신에게 마지막 선물로 받은 서글픈 그리움에 당신을 이렇게나마 추억할 수 있음에, 난 감사해야 할 수밖에. 문득, 갑작스럽게 왼쪽 손목의 붉은 흉터가 따끔거리기 시작했습니다. 그러니 그만 움직임을 멈춰야겠습니다.

만약 누군가가 글을 쓰다 갑자기 멈추는 이유에 대하여 묻는다면, 나는 아마 이렇게 대답하고서 홀연히 모습을 감추며 사라져 버리고 말겠죠.

그저, 당신을 쓰다 손목이 아파서. 그래서. 당신은 내가 구사할 수 있는 무수히 많은 단어들 중 가장 아픈 단어라서. 당신과 나눈 그 사랑은 내 열 손가락 중 가장 불쌍하고 안타까운 손가락이라서. 더 이상은 써 내려갈 수가 없다고. 당신이란 단어가 너무나 아파서, 나의 마음은 겁쟁이처럼 뒤를 돌아보지 못한 채, 마냥 도망칠 수밖에 없다고. 그냥 그럴 수밖에 없다고.

흑백영화

어느 날, 사랑이 말했다. 나는 이미 죽었으니 너는 이제 다른 곳에 찾아가서 기댈 준비를 하라고. 그 말은 마치 겨울을 앞둔 계절 앞에서 여름이 하는 마지막 인사말 같았다. 새롭게 출발할 준비를 하라는 그 말이 마치 이젠 네가 있을 곳이 아니니 어서 떠나가라는 듯 기댈 곳 없는 나의 등을 자꾸만 앞으로 밀어 대는 것만 같았다.

그러나 사랑은 나에게 있어 살아 숨 쉬는 하나의 계절과도 같았기에, 나는 함부로 사랑을 지워 낼 수 없었다. 감히 잊어버릴 수가 없었다. 그것이 내게 해 준 무수히 많은 것들은 세상 그 어떤 것들과 견주어도 결코 부럽지 않은 값어치였고, 이제 와서 다시 새삼스레 깨닫게 된 사실이지만 본래 계절이란 머리가 아닌 가슴이 기억하는 존재였다. 분홍빛을 띤 하얀 벚꽃잎을 보면 가슴 한편에 따스한 봄이 피어나는 것처럼, 최대한 있는 힘껏 잊어 보려 애를 써 봐도, 내가 아무리 지우려고 해도 가슴은 그걸 허락하지 않았다.

사랑은 그렇게 여전히 내 가슴 한켠에 남아 있다. 어쩌면 당신도 아마 그곳에 여전히 살아 숨 쉬고 있을지도 모르겠다. 언젠가 죽었다고 믿어 왔던 모든 사랑들은 여전히 가슴 한켠에서 열렬히 살아 숨 쉬고 있을지도 모르겠다.

참, 그렇습니다. 누구에게나 절대 잊을 수 없는 뜨겁거나 시린 계절이, 무수히 지나가는 드라마의 한 장면처럼 기억에 남는 순간이 존재하는 법이겠죠.

내겐 그 계절이자 한 장면이 당신이었습니다. 우리의 사랑은 처음엔 낭만적인 로맨스란 날개를 달고 아름답게 날아올랐을지 몰라도 지금은 흑백영화처럼 머나먼 과거의 기억 한켠에 묻혀 끝내 숨을 거둔 시체가 되어 버리고 말았습니다. 다시 떠올려 보니 우리 둘은 참, 흑백영화 같은 어설프고 아쉬움만 가득한 사랑을 나눴습니다. 그리고 당신이 떠난 지금, 사랑 따윈 모두 져 버리고 메말라 버린 땅 위에 나는 홀로 서 있습니다. 그렇게 기억의 모퉁이에서 점차 쓰레기통으로 떠밀려 나가는 당신의 서글픈 모습들이 이내 나의 모든 사랑을 눈물짓게 만듭니다. 이윽고 눈물범벅이 된 내 사랑은 결국 우리라는 한 편의 영화를 이렇게 결말 내리고 말았습니다.

어느 미쳐 버릴 만큼 아름다운 봄날, 도무지 정신을 차리지 못한 상태로 미쳐 버린 두 나비가 만나 평생토록 짙게 남아 있을 향을 피울 어리석은 사랑을 했다고. 또한 그 끝에는 그저 웃음을 띤 마지막 벚꽃잎들이 곧 가 버릴 봄의 계절을 가득히 채우고 있었다고. 바로 이렇게 말입니다.

가시 같은 마음

가시 같은 마음으로 사랑을 했다.

나를 다정히 안아 주던 사람의 팔과 어깨에선 붉은 피가 흘러내렸고, 나는 그저 그 핏물들을 바라보며 어떡하냐는 듯이 어린아이처럼 눈물만 펑펑 쏟았다. 하지만 그 사람은 괜찮다며 이내 부들부들 떨고 있는 내 손을 다시금 잡아 줬다. 언제나 그랬다. 내가 품은 날카로운 가시들은 누군가의 심장에 아프도록 깊숙이 파고들어선 더욱 자신의 영역을 넓혔다. 그렇기에 찾아오는 봄보단 떠나가는 봄이 많았고 웃는 계절보단 슬피 그리워하는 계절들이 참 많아졌다.

얼굴조차 제대로 기억이 나지 않는 몇몇 이들을 한없이 그리워하는 무수히 길고 고된 시간들을 끝으로, 당신은 어느새 나의 계절이 되었고 끝내 내 청춘의 꽃으로 아름답게 피어났다. 당신은 나의 아름다운 계절이었으나 나는 아름다운 가시밖에 되지 못했다.

깊게 뻗은 가시들은 무너지는 벚꽃잎과 함께 슬픈 곡조의 노래를 하며 춤을 췄고, 그렇게 아름답다 못해 찬란했던 계절은 비로소 끝이 났다. 무수히 많고 많은 인연들 중에서 어째서 난 유독 당신이란 봄에 잔뜩 취해 있었나. 어째서 당신은 굳이 품지 않아도 될 날카로운 가시를 품 안에 넣고 영원토록 잊지 못할 사랑을 속삭였나. 당신의 심장은 여전히 빨갛게 차오르나. 당신의 사랑은 여전히 살아 숨 쉬고 있나. 어쩌면 벌써 내 마음을 떠나 다른 누군가의 계절 속에서 사랑으로 살아가고 있는 걸지도 모르겠구나.

나의 모든 청춘이었고 또 보고 싶은 그 사람아. 어떤 안부라도 좋으니 딱 한 번만 다시금 나에게로 바람처럼 불어와 주면 안 되려나. 흩날리는 무수히 많은 벚꽃잎들 사이로, 설령 운명 같은 우연이라 할지라도 좋으니 한 번만 돌아와 주면 안 되려나. 허나 그럴 일은 결코 없겠구나. 나는 나약한 미련을 품은 주제에 깊은 가시들을 숨기고 있으니 당신이 다시금 내 곁으로 돌아온다고 하여도 상처를 입힐 게 불 보듯 뻔하겠구나.

참으로 그렇구나. 내게서 자라난 모든 가시들을 있는 힘껏 사랑해 주길 바랐던 마음은 그저 어리석은 욕망에 불과할 뿐이었을 테니. 내 존재 자체가 그저 상처로 다가갈 뿐이라면 난 아마도 당신을 사랑하는 마음마저도 함부로 품으면 안 되겠다. 내가 품을 사랑은 그 누구한테도 절대 용서받을 수 없는 외로운 대죄일 테니. 만약 당신이 떠나가고 나서 또 다른 누군가란 계절에 흠뻑 취하게 되어도 여전히 난 미련하고 어리석게 사랑하겠지. 또, 가시 같은 마음으로.

유언

같은 단어를 세 번 발음하면 세상이 낯설어지는 현상이 일어난다. 게슈탈트 붕괴 현상인지 뭔지는 나로서도 잘 알지 못하겠지만 내가 네 이름을 세 번 연달아 부른 것은, 낯선 세상에서의 네 모습을 바라보고 사랑하고 싶어서였다. 사랑. 사람. 살아. 뻐끔거리는 입 모양이 비슷해 살아야 한다고 말하는 내 입 모양을 보고, 말갛게 웃으며 사랑한다고 답하는 네 모습이 보고 싶었기 때문이었다.

구태여 정정하지 않았던 이유는 아마 내가 감히 너를 사랑하는 마음을 영원토록 간직하고 싶었기 때문이 아닐까. 우리가 서로에게 미련을 느끼고 그런 찰나의 미지근함이 지속되는 그 순간, 그 밤에는 무심한 하늘의 질투였을지도 모르는 여린 봄비가 내렸다. 물론 비가 수도 없이 쏟아진다고 해서 세상이 다 잠기는 건 아니지만, 우산 하나 가지곤 부족한 시점에서 그 많은 물을 품고 있는 하늘이 마냥 미워 그냥 발로 쾅쾅 밟을 때마다 내 숨통이 꽉꽉 막힐 때, 그냥 모든 게 다 잠겼으면 좋겠다는 생각을 잠깐 한다. 시끄럽게 끊이질 않는 빗소리에 우리는 서로에게 당장 하고 싶은 말이 있어도 꾹 참고 두 손만 맞잡은 채 계속 걸었다.

그렇게 걷다 보니 어느새 너희 집 앞에 다다르게 되었다. 나는 함께 쓰던 우산을 홀로 쥔 채 널 집 앞에 두고 점점 멀어져 갔다. 감당할 수 없을 만큼 너무 커져 버린 슬픔에 뭐라고 말을 꺼내기도 정말 어색했고, 얼른 이 상황을 벗어나고 싶은 마음뿐이었다. 그런데 네가 소리쳤다. 최대한 크게 벌어졌다가 다시 다무는 입 모양만 봐서는 뭐라고 크게 소리치는 것 같았다. 꼭 잘 살아. 너는 그렇게 말하는 것 같았다. 집 앞에서 거리로 뛰쳐나온 너의 얼굴엔 눈물인지 빗물인지 모를 것들이 자꾸만 흘러내리고 있었고, 그날은 우리의 마지막이었다.

나 또한 너도 꼭 잘 살아야 한다고 답했다. 잘 살아야 한다고 말하는 네 입 모양을 보고 사랑해야 한다는 말로 알아들으려고 애쓰는 내 모습을 보고는 진짜 어디 가서 나가 죽어야겠단 생각을 했지만, 내 말을 들은 너는 아무런 미동도 없이 슬픈 눈동자로 내 우산의 끝부분을 계속 쳐다볼 뿐이었다. 그래, 우리는 살라는 말을 사랑으로 알아들었을지도 모르겠구나. 살아야 한 다는 말에 대답을 하지 않는 걸 보니, 너도 사는 것보다 차라리 사랑하는 게 더 나은 모양이지.

그날 그때를 떠올리며 담배 연기 속에서 한숨 섞인 한마디를 뱉었다. 아무래도 우리들은, 살아야 하기 전에 사랑해야만 하 고, 매 순간 숨이 끊어질 때마다 유언으로 사랑을 남길 것 같구 나. 그렇게 될 운명이겠구나. 언제나 사랑을 유언으로.

무너진 벚꽃잎

꽃잎은 피어남과 동시에 잔인한 방식으로 부스러졌다. 나는 얼마 가지 않아 곧 사라질 봄 따위에 미쳐선 목숨을 걸었다. 어째서일까, 나는 매번 항상 사라져 버릴 것들만 그렇게 좇아 사랑했다. 어쩌면 나만의 봄이 아니었을지 모르는 당신은 누군가의 봄이었기에. 그럼에도 불구하고 나는 그 봄에 어리석게도 목숨을 바쳤다. 그렇게 별로 잘 알지도 못하는 사랑에게 목숨을 내걸었다. 결국엔 의미 없는 시간들만 이유 없는 순간으로 전락하며 처량함에 물든 끝을 맺었다.

도대체 누구에게 전하는 말인지, 어떤 의미 또는 마음으로써 내려간 글인지 도저히 수신인과 목적이 적혀 있지 않은 두서없는 구절들만이 미련을 타고 흩날렸다. 모든 사계절을 지워 내 봄만 가꾸어 낸 이곳은 아직, 봄이었다. 가끔가다 그런 날이 있다. 당신의 이름 석 자가 발음이 똑바로 되지 않는 날.

사라지는

그걸 넘어 앞 글자도 제대로 기억이 나지 않는 날.

　내가 당신을 잊어버린 것은 아닌지 걱정하게 되는 날. 흐드러지게 피어난 예쁜 꽃들 주위를 자꾸만 서성이게 되는 날. 당신이 더 이상 여기에 없다는 걸 실감하게 되는 날. 하얀 배꽃들이 하늘거리며 세상을 물들일 때 난 기어코 당신을 사랑하고야 말았다. 너무나도 자연스럽게 내 일상에 스며든 당신을 쫓아낼 방도는 찾아볼 수 없었다. 사랑을 하기엔 너무 어려서, 또 너무 어렸던 내가, 이런 차가운 손으로 당신을 어떻게든 들어내려고 그 심장까지 얼려 버린 그때의 내가 여기에 묻혀 있었다.

　그대로 묻혀 녹기를 기다리는 봄에 낯익은 향수 냄새가 돌았다. 잠시 깊게 생각해 보니 그동안 나는 당신을 이름으로 부른 적이 한 번도 없었다. 그 오랜 시간 동안 나는 당신의 이름 한 자조차 제대로 알지 못했던 것인가. 그리고 또 되돌아보니 당신 또한 나를 이름으로 부른 적이 없었다. 그 오랜 시간 동안 당신 또한 내 이름 한 자조차 제대로 알지 못했던 것인가. 숱한 시간과 그 복잡한 감정을 제대로 느껴 보지도 못하고 시들어 버렸던 꽃들과 그중 유일한 생존자였던 나의 이름이 가장 먼저 없어졌다.

우리는 그 누구보다도 서로를 잘 알았지만 그 누구보다도 서로를 잘 알지 못했다. 사실 가장 기본적인 이름조차 우리는 알지 못했고, 서로의 이름들이 지니고 있는 의미 또한 조금도 파악하지 못했다. 그런가. 어쩌면 우리는 딱 거기까지였을 수도 있겠다. 아무리 그리워도 그릴 이름이 없는 사이. 이미 다 시들어 죽고 사라진 꽃의 꽃말을 붙들고 울며 잠시 추억할 수 있는, 그런 사이. 딱 그 정도의 온도와, 딱 그 정도의 시선. 또한 딱 그 정도의 마음이 우리를 나타냈다.

바닥에 가득히 쌓인 벚꽃잎은 자신을 밟아 줄 사람을 잃었다. 나는 그 위를 무작정 걷기 시작했다. 바닥에 핀 듯한 벚꽃이 이리저리 걸음에 짖어 물러지고, 그렇게 흰 꽃으로 또 흰 점으로 전부 사라질 때까지 한참을, 그렇게 밤도 낮도 없는 이곳에서만 꽃의 흔들림과 스러짐으로 하루를 판단했을 때, 단 하루였다. 다시 난만한 벚꽃이 바닥을 가득 메워 버리는 데에 있어 걸린 시간은. 낭만의 벚꽃은 여전히 그날 그 순간 속의 아름다움을 기억했지만, 나는 한때나마 아름다웠던 우리 사랑의 기록마저 모조리 빼앗겼다.

　누구에게나 낭만적인 계절인 봄을 내가 썩 좋아하지 않는 이유가 존재한다면, 그것은 아마도 잔인함의 끝자락에 위치한 봄을 마주했기 때문이 아니었을까. 더 이상은 부정할 수 없었다. 당신은 나에게 있어 매우 아름다우며 동시에 지독히도 잔인한 봄이었고, 나는 그럼에도 불구하고 그런 봄을 끌어안고 아픈 사랑을 기록했다.

　봄의 마지막 언덕쯤에 기록된 여러 낭만과 풋풋했던 감정들은 모두 짓밟히는 벚꽃처럼 비참히 무너져 내렸고, 나는 무너진 벚꽃잎 위에 이별이란 꽃말을 달았다. 사실은, 그때부터 시작이었던 것일지도 모르겠구나. 어느덧 기나긴 계절이 돌고 돌아 또 다시금 벚꽃잎이 흩날리며 내 왼쪽 어깨를 스쳐 시원히 날아갈 때마다, 왠지 이유를 알 수 없는 가슴 한켠이 욱신거리는 아픈 통증과 함께 이름도 제대로 떠오르지 않는 그리운 사랑의 슬픈 노랫말을 읊조리는 습관이 생겨났던 것은.

　아픔과 잔인함이 결국 아름다움의 잔재라고 한다면, 지금 사라져 가는 이 모든 순간들에 아름다움을 넣어 부를 수도 있는 것일까.

아름답게 무너진 봄. 아름답게 무너진 계절. 아름답게 무너진 시간들 속에는 당신과 나의 이름 또한 기록되어 있을 것이다. 그러나, 우리는 결국 알지 못한다. 우리는 결코 기억하지 못한다. 어쩌면 서로가 어느 순간, 어떤 계절에 만나 잠시 사랑했었다는 소중한 사실마저도 새까맣게 잊어버린 채 또 다른 이의 따스한 봄이 되고 또 예쁜 꽃으로 피어나선 새로운 사랑을 속삭이고 있을지도 모르는 일이니.

결국, 당신도, 나도, 우리 모두는 지나쳐 온 누군가에게 있어 이미 무너진 봄일 수도 있고 만약 그게 아니라면 새로운 낭만을 가져다줄 아름다운 벚꽃잎이 될 운명에 놓여 있을 테니. 무너진 봄에도 새로운 낭만이 정착하게 될 테니. 봄의 이름을 잊고 벚꽃의 마음을 가득 품은 채로. 그렇게. 반드시. 또다시. 어떻게든지 말이야.

봄날의 장례식

사랑은 죽었다. 사랑이 갖고 있던 모든 숨을 이별로부터 전부 빼앗기고 말았을 때 비틀거리는 마음을 붙잡고선 두 번 다신 사랑 따위는 하지 않을 것이라고 다짐하기도 했다. 그러나 지금에 와서 돌이켜 보면 사랑을 죽었다고 말하기엔 애매한 부분들이 몇 가지 있었다.

첫째. 사랑은 존재가 보이지 않는다. 세상 그 누구도 사랑을 물질적인 형체로 만나 본 적이 없다. 그저 어느 순간, 어느 계절 속 스쳐 가는 바람과 같이 내 마음속 언저리에 스며들어선 온통 내 계절을 자신의 색깔로 물들였을 뿐. 둘째. 사랑은 살아 있는 존재가 아닐지도 모른다. 애초부터 직접 말을 뱉어 내지도 않고 앞서 말했듯이 존재가 확실하지 않기에 어떠한 행동조차 보여 줄 수 없다. 그렇기에 사랑이 정말 살아 숨 쉬고 움직이는 존재인지에 대한 확신도 가질 수가 없다. 셋째. 사랑은 죽고 안 죽고를 떠나서 시간의 흐름에 따라 점점 존재 자체가 소멸된다.

　사랑은 인간이 느끼는 감정 중 하나다. 한때 사랑했던 기억이 영원히 남는다고 해도 사랑했던 감정은 시간이 지날수록 모습이 조금씩 흐릿해지고 옅어진다. 기억과 감정은 서로의 상관관계가 있을 순 있겠으나 엄연히 다른 부분이 있다. 이렇게 세 가지의 사실을 놓고 보아도 사랑이 죽었다고 단정 짓기엔 너무 어려운 부분들이 무수히도 많다. 그렇지만, 사랑은 죽었다. 애초에 살아 숨 쉬는 물체든 아니든 간에 사랑은 이미 죽었다. 난 사랑에도 생명이 깃들어 있다고 믿는다. 인간의 혼이 깃든 감정에는 분명 그만큼의 큰 생명력이 잠재되어 있을 거라 굳게 믿는다.

　그러니 사랑은 죽었다. 죽어 버렸다. 그래도 동시에 사랑은 여전히 살아 숨 쉬고 있을지도 모른다. 이게 무슨 말인지 꽤나 많은 사람들이 이해하지 못할 수도 있겠지만, 적어도 그렇게 생각한다. 사랑을 알고 사랑을 잃었던 사람이라면 현재 내가 계속 내뱉고 있는 두서없는 이야기들이 머리가 아닌 가슴으론 이미 와닿고 있을 것이라고.

아아, 그랬다. 어쩌다 보니 그냥 기억이 난 건데, 나는 사랑하는 이가 생겼을 때마다 예쁘고 아름다운 장미꽃을 선물해 주는 습관이 있었다.

그리고 그 꽃들을 작고 가녀린 손에 쥐어 주던 애틋했던 과정 속에서 나는 그 사람의 이름을 대놓고 부르지 않고 당신이라는 대명사를 붙였다. 그렇게 난 영원한 사랑을 약속하며 서로의 행복을 기원했다. 하지만 왜일까, 결국 인연에도 수명이 존재했던 것인지 무수히 많은 순간들 속에서 단 한 사람만 영원히 사랑한다는 것은 쉽지 않은 일이었다.

사랑하기에 설레는 마음에 뒤척거리며 쉽게 밤잠을 이루지 못했던 행복한 날도 있었지만, 사랑하기에 아픈 감정을 부여잡고 힘들어했던 나날들이 더욱 많았고, 그렇게 사랑을 등져 버리고 이별의 철로 위를 걸어가야만 했던 순간 속에서 눈물을 아끼지 않았다. 사랑은 몇 번의 죽음을 맞이했고 이별은 몇 번의 탄생을 기록했다. 결국 모두 지나간 사랑. 지나간 인연. 지나간 계절에 불과했을 뿐이겠지만 사실은 과거라는 형용사에 묻혀 있을 뿐이지, 아예 완벽하게 죽어 버린 것은 아닐 수도 있겠다.

또 지금 이 순간에도 내 가슴속은 언제, 누구에게 주었는지조차 제대로 기억이 잘 나지 않는 무수히 많은 장미꽃과 함께 당신이란 애칭들이 흘러넘치고 있다.

내 안에는 수많은 당신이 있고, 수많은 꽃들이 시들지 않은 채 짙은 사랑의 향기를 뿜내고 있고, 여전히 그때 그 시절 속의 수많은 내 모습이 남아 있다. 비록 사랑은 죽었으나, 그럼에도 나는 여전히 살아 숨 쉬고 있다고 믿고 있으니. 그랬으면 하는 마음뿐이니. 사실은 어쩌면 나는 무신론자가 아닐지도 모르겠다. 사랑은 영원하다고 굳게 믿고 있으니까.

허나 내 삶의 이유이자 의미였던 당신이, 메마르고 황폐했던 내 삶에 아름다운 바닷가를 심어 줬던 당신이, 나를 그저 평범한 사람이 아닌 어여쁜 사랑이라 불러 주던 당신이, 이젠 내 눈앞에 존재하지 않기에. 내 곁에 머물고 있지 않기에. 그렇게 당신은 실제로는 죽지 않았을지 모르나 내 안에서는 이미 죽어버렸기에. 나는 아무래도 며칠간 마음의 장례가 필요할 것 같습니다.

누군가가 그랬지요. 사랑은 꽃과 같다고. 그럼 꽃은 시들어 가는 모습마저도 아름답다고 했으니까, 사랑 또한 죽어 가는, 죽어 버린 그 모습마저도 아름다우려나요. 그렇다면 이건, 아름다운 장례식일까요. 죽음을 애도하는 장례식이 아름답다니, 참으로 모순적인 말일 수도 있겠네요.

그러니까 오늘은 이만 눈을 감겠습니다. 죽은 이는 죽은 이를 볼 수 있다고 하니, 나 또한 눈을 감으면 마치 죽은 사람처럼 변해 죽은 사랑의 영혼과 마주할 수 있을지도 모르니까요. 만약에 정말 그렇다면, 그렇게 만날 수만 있다면 아무래도 나는 지금부터 쭉 죽은 사람처럼 평생 살아갈 수밖에 없을 듯합니다. 사랑의 숨결이 존재하지 않는 잔인하고 고독한 현실 속에 사는 것보단, 차갑게 식어 버린 사랑의 옷깃을 잡고선 그 기억 속에서 갇혀 살아가는 것이 어쩌면 더 큰 행복일 수 있을 것 같아서요.

음, 자. 말과 마음이 꼬리를 물고 물어 시간이 많이 늦어진 관계로 지금 두 눈을 감기 전에 마지막 문장으로 마침표를 찍

어야만 하겠습니다. 뭐랄까. 당신은 어느 유난히 애틋했던 봄날에 날 찾아와 온전한 나의 봄이 되어 주었고, 그런 당신이 이젠 싸늘한 시체로 변해 버리고 말았으니. 봄날의 아름다운 장례식. 이렇게 설명하면 될까요. 봄날의 장례식이 아름답더라. 꽤나 잔인하며 아름다운 표현이군요. 우리의 사랑에 딱 걸맞은 푯말이 될 수도 있겠습니다. 정말, 그렇겠군요.

손길

    당신의 손길은 무수히 많은 것들을 떠올리게 만든다. 어린아이를 쓰다듬듯 추운 겨울에 잠겨 얼어붙은 내 두 볼을 따스한 두 손으로 다정히 어루만질 때마다 나는 메말라 버린 사랑의 감정이 다시 당신으로 하여금 솟구치는 걸 느낄 수 있었다. 그렇게 추운 겨울이지만 따스한 마음뿐이라는 말을 매 순간 입에 달고 살아갈 수 있었다.

    그러고 언제였던가, 당신은 오랫동안 숨지지 않던 겨울과 함께 떠났다. 춥고 시린 겨울의 밤이 지나가고 따스하고 설레는 봄의 아침이 찾아왔을 때 나는 처음으로 세상 그 어떤 슬픔보다도 서럽게 울어 댔다. 누군가에겐 설렘의 계절이 될 수 있을 다정한 봄의 벚꽃잎은 두 뺨을 타고 흐르는 뜨거운 눈물 사이로 젖어 투명한 색을 띠며 사라졌다. 그렇게 봄의 눈물을 흘리고, 가을이란 아름다운 계절의 가운데에 우두커니 서 있는 중이다.

그러나 여전히 당신의 손길은 잊을 수가 없었다.

그 손길은 평생을 전부 바쳐도 떨어뜨려 놓고 싶지 않을 만큼 미칠 듯이 다정했고, 미칠 듯이 따뜻했다. 나는 어쩌면 당신보다도 당신의 손길을 더 많이 찾고 또 사랑했던 걸지도 모르겠다. 누구에게나 하나쯤 잊을 수 없는 향이 존재한다고 알고 있다. 누군가는 향기로 사람과 추억을 기억하고, 누군가는 노래로 그것을 가슴속 깊은 곳에 담아 뒀을 텐데, 나는 왜 손길로 당신을 기억하고 있을까. 만약 언젠가 시간이 야속하게 흐르고 나면 이 손길의 다정함마저도 잊어버리고 말까. 그렇게 당신이 아닌 다른 누군가를 또다시 당신이라 칭하고 또 사랑이라 부르며 입을 맞추고 영원을 약속하고 있을까.

결국 나중엔 전부 잊어버리고 말 손길의 느낌을 붙잡고 난 놓아주지 않으려고 애를 쓴다. 이제야 조금은 알 것 같은 기분이 든다. 추운 겨울 한가운데서, 당신은 나의 하나뿐인 숨결이었고 아름다운 손길 그 자체였다. 그렇게 숨결이자 손길이었던 당신의 존재가 그리움에 묻혀 그 흔적들이 모두 흐릿해져 갈 때쯤, 가을의 문턱에 들어서며 그의 손길이 얼마나 다정했는지를 더 이상 기억해 낼 수 없는 날 향해 무수히 많은 비수를 날렸다.

내 자신이 미웠고, 내 기억이 원망스러웠다. 만약, 만약에 당신이 다정하고 따스한 사람이 아니었다면 그 손길 또한 기억해 내려 애쓸 필요 또한 없지 않았을까. 쓸데없이 다정했던 당신의 손길을 오늘도 난 그리워하며 홀로 포개 놓은 두 손에 머리를 대고 영원히 깨고 싶지 않은 긴 잠을 청해 본다. 이따 일어나게 된다면, 마치 거짓말처럼 한 편의 영화와 같은 일들이 이루어지길 바라며. 또다시 당신의 아름다운 손길이 차가워진 내 두 뺨을 다정히 어루만지고 있기를 바라면서.

아름다운 침묵

당신의 입가에는 미소가 번지지 않은 적이 없었다. 함께 맛있는 음식을 먹으며 지난 과거의 웃음 지을 만한 이야기들을 나눌 때도, 함께 저물어 가는 해를 바라보며 저녁노을 앞에서 아름다운 침묵을 시작으로 애틋한 입맞춤을 만끽할 때도, 당신은 언제나 미소 지은 표정으로 나를 바라보곤 했다. 그런 당신으로 하여금 나는 굳이 언어로 표현하지 않아도 느낄 수 있는 사랑이란 게 뭔지 알게 되었다.

우리의 우주가 끝날 때쯤 당신은 말했다. 이 순간에 있어 내게 가장 하고 싶은 말이 무엇이냐고. 난 아무런 말도 하지 않았다. 아무런 언어도 입 밖으로 꺼내지 않았다. 마지막이 될 언어는 내 가슴에 박힐 가장 커다란 비수로 남고 영원토록 아파하게 될 것만 같아서, 그런 마음에 나는 아름답지 못한 침묵을 행했다. 당신은 침묵을 사랑하는 사람이었지만 그때 내 침묵만큼은 견딜 수 없었는지 어여쁜 눈가 사이로 보석 같은 눈물만 가득 흘렸다.

그런 당신을 차마 안아 줄 수 없었던 내 마음을 누가 이해하나. 산산조각이 나다 못해 아예 무너져 버린 우주 앞에 놓인 비참한 내 사랑을 누가 알아주나. 그저 서글픈 침묵에 잠겨 떠나가 버린 사랑의 뒷모습을 향해 가슴속으로 제발 가지 말라며 목 놓아 외칠 뿐이었다. 어떤 이가 사랑은 돌고 도는 계절이라고 말했던가. 비록 지금은 날 두고 떠나갈지 몰라도 언젠가 돌고 돌아 다시 내 곁으로 찾아온다고. 그 말이 잠시 따스한 위안이 되려던 찰나에 무심코 당신이 내게 했던 말들 중에 한 문장이 떠올랐다.

우리가 오늘 내일 똑같은 장소를 가도 같은 감정이고 또 같은 값어치일 수는 없을 것이라고. 매 순간 새로운 사랑이자 다른 행복이 찾아올 거라며, 오랜만에 침묵을 깬 당신의 그 말은 날 다정하게 위로했던 위안을 깨뜨리고 말았다. 만약 그 말이 진실이라면, 그 말이 틀리지 않았다면, 이번 봄이 지나고 다음 봄이 오게 되어도 그게 같은 봄이자 계절은 아니라는 말이 아닌가. 매 순간 같은 설렘이 찾아오는 것이 아니고 같은 사랑이 찾아오는 것이 아니란 말이지 않나. 그럼 사랑이 계절과 같다는 말은 참 모순적이지 않나.

물론 당신이란 우주가 무너지고 나서 또 다른 누군가란 우주가 새롭게 탄생하게 되겠지. 하지만 그건 당신이 아니지 않나. 지금껏 나를 사랑했고 또 내가 사랑한 당신이란 우주가 아니지 않나. 그럼 나의 잃어버린 계절이자 마지막일 거라 확신한 당신이란 우주는 누가 되찾아 주나. 가슴 찢기는 듯이 아픈 내 이별은, 누가, 보상해 주나. 한낱 인간인 나로선 사랑을 잃고 그저 울부짖을 뿐이겠지만, 그마저도 의미 없는 외침이라 생각하여 오늘도 그저 행할 뿐이다. 눈물겨울 만큼 아름다운 침묵을. 당신이 그토록 애정했던 그 침묵을.

겨울

　당신은 겨울이었고 난 봄이었다.

　우린 느린 심장박동을 뒤로한 채 가슴 한켠에 서로의 이름을 새겨 놓았고 이것은 머지않아 곧 소멸했다. 봄은 겨울이 될 수 없었고 겨울은 봄이 될 수 없었다. 태양과 바다가 같은 곳에 존재할 수 없고 해와 달이 사랑에 빠질 수 없듯이 우리의 사랑은 한없이 나약하게 짓밟히고 말았다. 그러나 여전히 심장 안쪽에 빼곡히 적혀 있는 과거들이 울부짖는다. 괴로운 비명은 곧 그만큼의 아픔을 토해 냈다. 잃어버린 계절을 쫓아 나는 어디론가 계속 달려가야만 했다. 하지만 그마저도 쉬운 일은 아니었다. 어디를 향해 봐도 세상 모든 곳들엔 당신의 흔적이 남아 있었다.

　잔인하도록 다정하게 피어난 벚꽃잎엔 지난 해 우리의 아름다움을 기억하는 마지막 봄이 떠올랐고, 시원한 봄바람은 가슴 깊숙이 파고들어선 지난겨울에 숨진 우리의 서글픈 사랑을 다시금 기억해 내게 만들고는 했다.

아픈 흔적들은 곧 내 가슴을 도화지 삼아 짙은 멍을 그려 낸다. 찰나의 순간, 스쳐 가는 벚꽃잎들이 뒤척이는 소리에 가슴 한켠이 미어지는 느낌이 든다. 분명 우린 어떤 계절에도 남부럽지 않을 만큼 아름다운 사랑을 기록했는데, 당신 하나 없다고 나는 이렇게, 이토록이나 사계절이 어울리지 않는 사람이 되어 버렸는가. 지난겨울의 우린 미치도록 다정했었을 텐데, 당신 없이도 잘만 피어나는 아름다운 벚꽃잎이 왜 이토록 미워질까.

갑자기 겨울을 죽여 버린 봄이 미워졌다. 나에게서 모든 것을 빼앗아 가 버린 봄이 원망스럽게 느껴졌다. 그런데 나는 그대를 봄으로부터 빼앗긴 걸까. 아님 그대라는 계절을 내가 내 손으로 놓쳐 버린 걸까. 애초에 당신이 겨울이었고 난 봄이라면, 내가 당신을 죽여 버린 꼴이 되는 걸려나. 어쩌면 다정하지 못했던 이별의 원인은 나였던 걸려나. 우리의 사랑을 짓밟고 또 뭉개 버린 건 어리숙한 나의 발걸음이었나.

문득 당신이 걱정되기 시작했다.

　군이 겨울이 아니더라도 추위를 무척 많이 타던 당신이었는데 지금은 괜찮으려나. 무거운 니트가 아닌 가벼운 니트를 걸친 채 아름다운 봄바람을 홀로 만끽하고 있으려나. 내 생각도 하루에 한 번씩은 해 주고 있으려나. 아니, 어쩌면 그 곁에는 이미 다른 이가 새로운 사랑으로 살아 숨 쉬며 머물고 있으려나. 지금 이 순간, 당신은 이미 내가 아닌 다른 누군가의 봄이 되어 있으려나. 그렇다면 나는 갈 곳을 잃어버린 계절인가. 슬프도록 외로운 겨울이 되어 버린 것이려나.

바다

    사랑의 탄생을 알리는 시작점은 바다였다. 언제였던가, 지금 당장이라도 무너질 것만 같은 지친 마음을 품은 난 달래 줄 곳을 찾기 위해 얼른 바다로 향했지만 그곳에서 전혀 다른 안식처를 찾았다. 숨이 벅찬 나머지, 잠시 넓은 모래사장 한가운데에 앉아 숨을 고르고 나였고, 고개를 약간 돌려 보니 저 먼 곳에선 한눈에 확 들어올 만큼 예쁜 옷으로 치장한 누군가가 있었다.

    그저, 어쩌다 보니 나는 뻔한 로맨스 영화처럼 당신에게 먼저 대화를 청하였고, 당신은 좋다든지, 아님 싫다든지 등의 평범한 대답 말고 수줍은 웃음으로 나의 다가옴을 허락했다. 그렇게 계속 이야기가 오고 가면서 어쩌다 한 번 미소를 짓고, 어쩌다 한 번 슬픈 표정을 짓던 그 모습을 빤히 바라보던 도중에, 문득 당신의 눈을 더욱 자세히 보고 싶다는 생각이 들어 최대한 얼굴에 초점을 맞추었다.

자꾸만 뭘 그렇게 빤히 쳐다보냐며 금세 새빨개진 뺨과 얼굴을 두 손으로 빨리 가렸지만, 무척 얇고 가녀린 손가락들 사이로 감춰진 두 눈동자가 보였다. 그 눈동자에선 어떤 한 바다가 보였다. 그런데, 아침의 바다가 아닌 저녁노을에 푹 젖은 바다가 보였다. 그리고 유난히도 나는 가슴이 찢어질 듯이 계속 아파해야만 했다.

참, 그랬었다. 당신의 눈은 슬픈 바다를 괜스레 닮아 있었다. 그리고 거기에서 느껴지는 슬픔들은 나로선 절대, 감히 상상할 수조차 없을 만큼의 거대함을 지니고 있었다. 허나 제아무리 감당할 수 없는 것마저도 감당해야만 얻을 수 있는 것이 사랑이라면, 그래야지만 당신의 아름다운 손등 위에 내 손을 얹어 놓을 수 있다면, 어쩌면 나는 그때 그래도 괜찮겠다고 너무 쉽게 결론을 내렸던 것 같다.

그렇게 당신의 귀에 반드시 모든 슬픔을 감싸 안아 줄 행복의 온기가 되어 주겠단 무책임한 약속을 새겨 뒀고 우린 더 이상 서로 이름 모를 사람이 아닌 이유 모를 사랑으로 새롭게 태어났다.

그런 기념으로 난 마냥 수줍은 마음을 뒤로한 채 당신의 손을 마주 잡고 또다시 바다를 바라보았다. 그런데, 너무 달랐다. 분명히 당신을 만나기 전엔 단순히 슬픈 바다였는데, 당신과 함께 보는 바다는 작은 물결마저 아름다웠다. 그때, 나는 생각했다. 결국 시간이란 녀석은 무척이나 빠르고 야속하기에 머지않아 언젠가는 나에게서 당신마저도 전부 빼앗아 가고야 말겠지만, 그렇게 당신을 잊게 된다고 할지라도 그때의 바다만큼은 절대로 잊을 수 없을 것이라고, 나는 단단히 확신했다.

그리고 결국 그 말은 마치 거짓말처럼 현실로 금방 찾아왔다. 솔직히, 당신의 아름다운 웃음이 평생을 걸쳐도 셀 수 없을 만큼 수많은 서글픈 눈물들로 모습을 바꾸기까지, 우리에겐 정말 많은 아픔들이 함께했었다. 허나 그때의 우린 전혀 이해하지 못했다. 사랑이 아픔을 이길 수 없는 것이 아니라, 사랑 그 자체가 이미 또 다른 아픔이었단 것을. 당신은 눈물이 정말 많은 사람이었고 나는 미소만 가득 품은 사람이었다. 어쩌면 뜨겁기만 한 태양과 차가운 바다와의 사랑 같았던 걸지도 모르겠다.

얼어붙은 바다는 함부로 품어선 안 될 녹아내리는 태양을 있는 힘껏 끌어안았고, 그렇게 뜨거운 열기를 이겨 내지 못한 채 급격히 메말라 버렸다. 대부분의 수분을 전부 다 빼앗겨 버린 바다는 마치 하늘을 비행하는 작은 새들의 슬픈 노랫말에 동요하듯 남은 물결로 힘차게 출렁거렸고, 혼자 남겨진 태양은 자신의 외로움을 달래는 듯 무심한 구름 뒤로 잠시 온기를 감추었다.

그랬다. 나는 뜨거운 태양 같은 사람이었고, 당신은 차가운 바다를 무척이나 닮은 사람이었다. 분명히 태양은 바다를 사랑하면 안 될 텐데, 나는 결국에 무거운 금기를 어기면서까지 기어코 당신을 사랑했다. 결코 사랑해선 안 될, 슬픈 바다를, 나는 사랑했다. 그에 따른 대가는 너무 잔혹했으며 추억은 참 잔인하게도 아름다웠다. 단순히 사랑을 잃었다는 것보다 사랑을 했었다는 진실이 너무 무겁게만 느껴졌으며, 이젠 함께할 수 없다는 아픔보다 한때나마 함께할 수 있었단 슬픔이 더욱 크게 자리 잡고 말았다.

그리움을 삼킬 틈도 없이 오직 슬픔만 잔뜩 끌어안은 그런 상태로는 당신의 앞날을 축하해 줄 자신이 없었다.

더는 서로를 마주 보며 사랑할 수 없다는 아픈 현실을 인정하기에 난 너무나도 나약했고 절망의 늪에서 허우적댈 뿐이었다. 정말, 그땐 그랬다. 물론 지금도 여전히 당신의 온기를 찾아 헤매고 있는 중이긴 하나 아주 조금은 당신의 행복을 빌어주고 싶은 마음이 솟아났다.

그러니까, 당신아. 이름 석 자만 내 귓가에, 작은 잔상만 눈앞에 그려져도 죽을 만큼 쓰린 아픈 상처와도 같은 사람아. 그런 당신아, 비록 나에게는 슬픈 바다로 남았지만 다른 누군가에겐 아름다운 바다로 기억되어 줄 수 있겠습니까.

영원히 찾아오지 않을 줄만 알았던 우리의 끝엔 그저 잔인한 눈물만이 가득했으나 다른 이와의 사랑에선 부디 따뜻한 미소만을 품어 줄 수 있겠습니까. 당신, 내 세상을 다 줘도 아깝지 않을 만한 보석 같은 아름다움이었잖아요. 그러니 절대 그 어여쁜 얼굴로 슬픈 표정은 짓지 말라고요. 매 순간을 꼭 행복의 온기만 곁에 두셨으면 좋겠습니다. 알았죠. 두 번 다신 그날 그때처럼 바라보는 것마저도 슬픈 바다로 남지 말고요.

웃음소리

내가 가장 애정했던 것이 있다면 그것은 바로 당신의 웃음소리였다. 서로에게 유치한 별명을 붙여 줄 때 귀엽게 올라가는 입꼬리와 함께 터져 나오는 웃음소리가 내게 있어 삶의 전부였고 또 살아가는 유일한 의미이기도 했다. 우린 서로 한 가지의 약속을 했다. 그 무슨 일이 있더라도 서로에게 아픔을 남기지 않겠다고. 훗날 우리의 사랑이 세월을 이겨 내지 못하고 끝내 잠들어 버린다 해도, 아픈 사랑으로 기억되지 않도록 노력하겠다고.

허나 그 모든 약속들은 결국 지켜지지 못했고, 영원토록 오지 않을 것만 같던 이별은 슬픈 기적처럼 이루어지고 말았다. 사랑에는 늘 예외가 따른다고. 영원은 분명히 존재하기 마련이라고 생각하고 떠들었던 내 자신의 존재 자체가 부정당했다. 결국 이 세상에 영원 따윈 존재하지 않았고 아름다운 이별

따위도 존재하지 않았다. 난 그 사실을 인정하지 못한 채 며칠 동안 감기에 걸린 사람처럼 끙끙 앓기도 했다. 당신이란 이름의 아픔은 내 마음을 산산조각 내고 무너뜨리기엔 충분했다.

고작 당신 하나가 곁에서 사라져 버린 것뿐인데도 난 하늘이 무너진 것 같은 절망감에 휩싸였다. 사람은 사람으로 잊어야 한다고 했던가. 하지만 난 다른 이를 찾아 떠나지 않았다. 애써 새로운 다른 사랑을 찾으려 하지 않았다. 사계절의 기쁨, 슬픔, 아픔, 설렘. 모든 것을 선물해 준 당신이 아닌 다른 누군가를 사랑하는 것은 마치 큰 죄를 저지르는 것과 같았기에.

함부로 누군가를 마음에 담으려 하지 않고 오히려 당신의 잔상을 붙잡고 그동안 참아 냈던 눈물을 쏟아 냈다. 잊을 수 있을 리가 있나. 당신은 내가 가장 초라하고 별 볼 일 없을 때 찾아와서 날 지켜 줬고, 누군가에게 사랑받는단 느낌이 무엇인지를 깨닫게 해 준 은혜를 남겨 준 사람인데. 사랑이란 게 참 뭔지, 사람을 일어서게 만들기도 하고 무너뜨리기도 하는구나.

그래도 참 고마웠다. 그동안 내 모든 사랑의 주어로 살아 주어 정말 감사했다. 당신은 한때 나의 반짝거리는 별이었고, 나는 그런 당신에게 아름다운 우주가 되어 주고 싶었다. 마지막 날 당신 없인 못 살아 낼 것 같다고. 죽을 것만 같다며 어린아이처럼 떼를 쓰던 내 울음을 당신은 기억할까. 그때 당신이 말했잖아. 나 없이도 넌 충분히 잘 살아 나갈 거라고. 그 말의 의미를 난 이제서야 깨달았다. 죽을 만큼 아프다고 해서 정말 죽진 않았고, 미칠 듯이 슬프다고 해서 행복이 날 버린 것은 아니었다. 그러나 여전히 내 가슴은 당신을 놓아주지 못하는구나. 봄을 부르는 찬 바람들 사이로 내 귓가에 나지막이 들려온다. 당신의 아름다운 웃음소리가. 당신의 숨결이.

한 세상이 떠나가고 나서 남은 자리가 마냥 아름다울 수는 없다. 이제 내게 있어 그때 그 시절 우리를 추억할 수 있는 출처는 그저 당신의 잔상을 가득 실은 그 웃음소리뿐. 그대의 웃음소리뿐.

안부

　오늘은 봄에 걸맞지 않은 낯선 편지지 한 장을 샀습니다. 거기엔 아주 작은 동백꽃 한 송이가 제법, 꽤나 아름다운 형태로 자리 잡고 있더군요. 봄이 찾아왔지만 여전히 밤공기는 제법 차다는 핑계로 오랜만에 당신에게 안부를 물으려고 했는데, 정말이지, 난 항상 첫 줄을 띄우는 게 어렵습니다. 어색함은 잠시 뒤로 감추고 반가운 마음만 잔뜩 담아내고 싶은데, 좀처럼 펜을 쥔 손가락이 앞으로 나아가질 못하네요.

　그렇게 한참을 주저하다 결국 옅은 분홍빛을 머금은 그 편지지 위에 저기 어두운 밤하늘에 떠 있는 달도 써 보고, 비록 잘 보이지는 않지만 분명 세상 어딘가에서 빛나고 있을 별도 적었습니다. 정작 써 보고 싶었던 당신 이름 세 글자는 써 내려가질 못하고 애꿎은 것들만 잔뜩 담아내고 말았군요. 이 또한 받는 이를 잃어 평생토록 전해지질 못하고 쌓여만 가는 편지 중

사라지는

하나가 될 테죠. 언젠가 살포시 먼지가 내려앉아 이 마음 또 한 번 시큰거리게 만들 테고요.

그러다, 갑자기 당신의 밤이 걱정되기 시작했습니다. 당신의 밤은 과연 따듯할까요. 다정함이 함께해 주고 있을까요. 한숨 섞인 연기들만이 방 안 공간을 가득 차지해 아픔이 뒤따르고 있을까요. 사실, 당신과의 사랑이 그만 숨을 거두었던 그 시점에서, 내가 당신을 붙잡지 않았던 이유는 따로 있었습니다. 그때 난 이별과 거래를 했습니다. 당신의 행복을 보장해 줄 것을 이별이 약속했고, 그렇게 나는 당신을 떠났습니다.

내가 곁에 없어지는 것만으로도 당신이 행복의 곁에 머무를 수 있다면 나는 얼마든지, 몇 번이고 또다시 이별로 인한 아픔을 직면할 수 있었습니다. 그 정도는 까짓것 당신을 위해서라면 아무것도 아니라고 생각했습니다. 음 그런데, 그런데 말입니다. 만약 이별이 약속을 지켜 주지 않으면 어떡하죠. 오로지 당신의 행복을 위해 당신의 옆자리를 포기했던 나였는데, 당신의 곁을 결국 아픔이라는 녀석이 채워가기 시작하면, 그렇게 당신이 너무 오래도록 힘들고 아파 버리면 어떡하죠. 나의 봄은 오직 당신뿐이었는데. 나의 모든 사계절은 당신이었는데.

그랬던 당신이 너무 비참히 무너져 내리면, 나는 그때 찾아오는 아픔과 후회를 모두 감당해 낼 수 있을까요. 아니요. 나는 그럴 자신이 없습니다. 당신이 없는 내일을 견뎌 낼 순 있어도 당신이 아파하는 모습을 지켜봐야 하는 미래를 견뎌 낼 자신은 없습니다. 문득 당신 또한 지금의 나처럼 아파하고 있진 않을까 하는 생각에 괜한 미안함과 서러움이 파도처럼 거세게 몰려오고 맙니다.

그래서 끝내 차오르는 설움을 억눌러 보고자 밤하늘에 외롭게 떠 있는 달을 향해 작은 소원을 하나 빌었습니다. 오늘, 당신의 슬픈 밤을 포근히 비추어달라고. 옮기는 걸음걸음마다 내내 환히 빛날 수 있도록. 언제나 고개 들어 웃어 보일 수 있도록 부디 그 찬란함으로 보살펴달라고. 그렇게 말이죠. 내가 가질 수 있는 행복도 당신의 몫으로 남겨 두고 떠날 테니. 당신이 아프지 않았으면 좋겠습니다. 당신의 삶은 언제나 봄에 머물렀으면 좋겠습니다. 나라는 춥고 시린 겨울을 떠나 반드시 따스한 봄을 새롭게 맞이할 수 있기를. 솔직하게, 당신. 추위를 참 많이 타던 사람이었잖아요. 당신의 손을 차갑게 얼려 버린 못난 나라는 존재를 얼마든지 원망하고 미워해도 좋겠습니다.

그래도 상관은 없습니다. 다만, 더 이상은 봄이 아닌 계절에 머무르지 않기를. 부디 새로운 봄의 손을 잡고 애틋한 행복을 마주할 수 있기를. 당신이 내가 아닌 다른 사람의 품에서 아름다운 미소를 지으며 행복의 언어들을 안정된 목소리로 떨림 없이 나열해 나갈 수 있기를. 그렇게 몸도 마음도 아프지 않고 행복만 할 수 있기를 바랍니다.

설령, 나의 행복이었던 당신이 또 다른 누군가의 행복이 될지라도. 결국 그렇게 된다 할지라도.

살아지는 시간

모순

사랑은 모순이다. 그 감정은 어떠한 논리로도 설명이 될 수 없다. 예측할 수 없는 시점에서 알아볼 수 없는 형태로 나타나서 인간의 마음을 맘껏 뒤흔들고 결국에는 주어진 운명까지도 거스를 용기를 부여하는 감정. 이미 주어진 운명대로 살아가는 것이 신의 계획이라면, 아마도 사랑은 전능한 신에 대한 가증스러운 모독이자 절대로 용서받을 수 없는 무거운 죄에 속할 것이다.

또한 정말 많은 이들이 사랑은 이런 감정일 것이라고, 이렇게 시작되고 이렇게 끝이 날 거라고 쉽게 예측하고 입 밖으로 꺼내며 함부로 단정 짓곤 했었지만, 그러한 행동 속에서 자신이 사랑에 대해서는 그 누구보다도 가장 잘 알고 있다 착각하는 그 사람의 자만심과 오만함을 조금 엿볼 수가 있었다. 결국 사랑이란 것 자체가 애초부터 말도 되지 않는 존재이자 감정인 것인데. 모순 그 자체라고 보아도 무방할 정도다.

무한한 우주의 넓이에 비하면 턱없이 작고 초라할 뿐인 인간 따위가 모든 것이 영원할 수 없는 세상에서 영원을 약속하고, 모든 것이 아름다울 순 없는 냉혹한 현실에서 아름다운 순간들만 가슴에 담고, 모든 생명이 울고 웃는 과정 속에서 미소만을 머금으며 서로를 바라본다는 것은 사실은 모순을 넘어서서 초월적인 힘에 가깝지 않을까 싶다. 솔직히 사랑이 그렇다. 참, 인간으로서 겪어 내고 감당하기엔 항상 너무나도 잔인하며 무척 무겁기만 한 형벌이다. 어쩌면 누군가를 가슴속에 담은 그 순간부터 나의 죄목은 사랑으로 적힐지도 모르는 일이다.

이러한 진실을 알고 있는 사람은 많지 않겠지만 허나 그럼에도 불구하고 그들이 계속 사랑을 염원하고 추구하는 이유에 대해 묻는다면 질문자에게 돌아오는 대답은 단 하나뿐일 수도 있겠다. 사라지지 않을 거란, 영원할 수 있을 거란 헛된 희망이라도 품을 수 있기 때문에. 물질적인 행복은 어차피 오래가지 못할 것이 뻔하고, 또 시간마저 죽음의 가까워지면 언젠가 멈춰 버리고 말 것이 벌써부터 눈에 아른거리지만, 정신적 행복. 정신적 감정. 혹시 그것들은, 그것만큼은 영원할 수 있지 않을까.

이런 희망과 기대감 때문에 적지 않은 사람들이 매번 거대한 아픔의 대가를 감수하면서까지 바보 같은 사랑을 반복하게 된다고. 나는 그렇게 생각한다. 어떤 이는 이상하게도 무거운 아픔을 기대하기도 한다. 물론 그 마음을 이해하지 못하는 것도 아니다. 분명 사랑의 크기와 아픔은 어느 정도 비례하게 되어 있을 테니.

아아, 맞다. 요즘 골치 아픈 고민거리가 하나 생겼다. 이른 아침 눈을 뜨면 가장 먼저 떠오르며, 설레는 만남이 기대되고, 사소한 말투나 가냘픈 목소리 하나만으로 나의 하루를 뒤흔들 수 있는 그러한 사람이 생겼다. 나는 이것을 사랑이라 믿지 않으려고 했다. 한참 어릴 적엔 사랑이 그렇게도 무거운 단어인 줄 몰랐기에 계속 상처를 감수하며 누군가를 가슴속으로 품었지만, 이젠 사랑으로 인해 받는 아픔이 나를 집어삼켜 내 세상 자체를 무너뜨릴 수도 있다는 불안함이 마음 한켠에서 든든히 자리 잡고 있다. 사랑이 두려워서 사랑이라 말할 수가 없었다.

사랑이 무거워서 마냥 어깨로만 짊어질 수가 없었다.

그렇지만 결국 인간이란 존재는 똑같은 실수를 끝도 없이 반복하는 동물이니. 만약 사랑이 이 세상에서 존재하는 여러 가지 잘못들 중에 있어 가장 큰 실수이자 무거운 죄목이라면, 나는 아마도 몇 번이고 죽어 마땅한 죄인이 될 수 있겠다. 한낱 인간의 의지만으론 사랑의 발걸음을 멈출 수 없고, 그저 그것을 받아들이고 목숨을 걸어야만 할 테니까. 나는 언제 그랬냐는 듯이 고작 몇 자밖에 안 되는 이름들에 또 모든 사랑을 쏟아붓고 말겠지.

그러니 이름 모를 당신아. 언제, 어디에서, 어떻게 만나게 될지 도무지 알아챌 방법이 없는 먼 미래 속의 내 사람아. 부디 우리가 사랑의 계절에 만나 마음을 온전히 나누게 되었을 때, 결코 지키지 못할 약속일지라도 내 귓가에 꼭 영원만을 속삭여 줄 수 있겠습니까. 나중엔 지키지 못할 마음이더라도 단 한 순간, 내 가슴속에 아름다운 꽃을 피워 내 줄 수 있겠습니까.

이런 부질없고 한심한 나의 이 부탁에 만약 당신이 소리 없이 고개를 끄덕거려 줄 수만 있다면, 비참한 결말이 뻔히 보이는 서글픈 사랑이라고 한들 나는 몇 번이고 목숨을 걸어 보겠습니다.

한 번쯤은 다시 속아 볼 만한, 속아 보고 싶은 사랑이라고 굳게 믿고 당신을 나의 품 안으로 힘껏 끌어안으며 그때 그 순간에 담긴 기쁨을 뜨거운 눈물들로 호소하겠습니다. 설령 잠깐 스쳐 가는 인연이라도 아무럼 상관없습니다. 우리가 함께 나눈 시절들과 추억은 멈춘 시간 속에서 영원히도 살아 숨 쉬고 있을 테니까요.

사랑을 해도 언제나 가슴 한켠에 이별을 품겠습니다.

그러면 당신과 두 눈을 마주할 수 있는 모든 계절들이 지울 수 없는 추억이며, 잃고 싶지 않은 순간이 될 테니까요. 난 그렇게 사랑하려고 합니다. 물론 당신의 입술에 사랑을 선물하기엔 한없이 부족하고 초라한 나일 뿐이겠지만, 세상의 비난을, 나중의 아픔을 미리 걱정하며 두려워하고 뒷걸음치진 않겠습니다. 자. 그러니 어서, 기꺼이 나의 온전한 행복이 되어 주십시오. 그럼 나는 당신의 유일한 계절이 되어 삶의 모든 순간을 꽃으로 피워 내겠습니다. 이토록이나 어여쁘고 아름다운 당신이 그에 걸맞은 축복의 꽃밭 속에서만 살아 숨 쉴 수 있도록.

가시

검은 잉크를 잔뜩 묻힌 뾰족한 바늘로 의미를 알 수 없는 여러 가지 무늬를 마음 아주 깊숙한 곳에 새겨 넣었다. 그때 당시의 기억은 전혀 없지만 아프고 쓰라렸던 감정과 선명한 흉터 자국들은 여전히 몸에 남아 있다. 당장에라도 도망칠 수 있는 피난처가 필요했던 걸까. 아님 더 이상은 도저히 버틸 수가 없어서 결국 내가 나 자신을 무너뜨린 걸까. 그렇게 나는 두껍고 날카로운 가시들을 가녀린 목과 어깨에, 어쩌면 마음 한켠에도 심어 놓았다.

잔인하게 뻗어 있는 그 가시들을 본 누군가는 내게 이런 말을 내던졌다. 만약 너를 사랑하는 또 다른 누군가가 생겼을 때 그 흉터를 발견한다면 편히 안아 줄 수가 있겠냐고. 제법 잔인하게 아픈 말이었으나 난 무심한 듯이, 모든 기대를 포기한 듯한 표정으로 고개를 저었다. 그저 이런 말을 끝으로 대화를 마무리하고 싶었다.

물론 사랑받고 싶은 마음은 푸른 바다만큼 굉장히 깊지만 사랑받을 수 있는 순간들은 애석하게도 너무 옅어서, 상처로만 가득 찬 가슴뿐인 내겐 더 이상은 사랑을 주워 담을 가슴이 턱없이 부족해서. 애초부터 그 무엇도 사랑하지 않고 무엇도 기대하지 않았다고. 봄에 머물러도 봄이라고 생각한 적 없다고. 따스한 햇살을 맞아도 기분이 맑아진 적, 밤하늘에 수놓아진 별들을 바라봐도 아름답다고 느껴 본 적도 없다고. 행복은 나와는 거리가 멀고 슬픔은 어찌 보면 평생의 친구일 거라고. 내 마음은 이미 오래전부터 죽음을 맞이한 지 오래라고. 그렇게 살아 있어도 죽은 시체처럼 살아간다고. 희망의 이름이 무엇이냐고. 당신만큼은 알고 있다면 제발 좀 알려달라고.

짧게 끝내려던 대답은 끝내 터져 나온 푸념과 부르짖음으로 바뀌었다. 가슴속에서 웅크리고 있었던 작은 가시들은 나의 슬픔과 상처들을 잔뜩 먹고 굉장히 빠른 속도로 자라나서 어느새 목구멍을 타고 올라왔다. 한때 날 지켜 줄 거라고 믿었던 가시는 현재 날 가장 아프게 하는 상처가 되고 말았다. 하지만 그런 말도 있지 않은가. 등으로 짊어지면 짐이 되지만, 가슴으로 안으면 사랑이 된다고.

물론 날 할퀴고 찔러 버릴 날카로운 가시라고 하더라도, 그
것마저도 난 다정하게 끌어안았다. 결국 나의 아픈 상처들도
나라는 존재의 한 조각이며, 힘든 시간들도 책임져야 할 내 삶
의 일부라는 것을 인정해야만 했다. 그렇게 나는 조금씩 어른
이 되어 갔다.

그런데, 갑자기 이 글을 읽고 있을 당신이 걱정되는 이유는
무엇일까. 날카로운 가시들을 감추지 못해 스스로를 세상에서
자꾸 소외시키고 있진 않을까. 또 어디선가 소리 없는 울음으
로 슬픔을 토해 내고 있진 않을까. 당신의 아픔을 나는 이해할
수 있을까. 당신은 나의 아픔을 공감할 수 있을까. 우린 서로가
품은 가시를 알아볼 수 있을까.

만약 당신의 가시가 내 마음속 눈동자에 그 모습을 보이게
된다면, 그 가시가 굉장히 날카롭고 또 잔인하게도 깊이 뻗어
있다면, 나는 핏물에 젖을 손은 미리 걱정하지도 않으면서 비
록 차가운 품이지만 다정하게 모두 안아 주고 싶다.

지금 당장은 물론 어떤 말도 해 줄 수 없겠지만, 지독했던 순간들을 무심한 시간이 앞질러 가다 보면, 언젠가 설명할 수 있는 그날이 올 거라고 믿겠습니다. 그러니 그땐 당신의 가슴에 먹칠을 한 순간들과 사람들, 상처들을 전부 잊어버릴 수 있기를 바랍니다. 오늘 하루만 좀 안아 봅시다. 아주 다정하고 은은하게. 함께, 아픈 사람들끼리. 또 아픈 상처들끼리. 지독하게도 아픈 가시들끼리.

마음 그대로

문득 방 안에 머물고 있는 큰 거울이 미워지고 두려워질 때가 있다. 사물이든, 인간이든, 있는 그대로의 모습을 전부 비춰주는 거울. 그 앞에만 서면 내가 너무 초라하고 안타깝게 여겨지는 기분에 거울 앞에 서는 것을 딱히 좋아하지 않는다.

누군가가 그런 말을 했던가. 사람들은 진실과 마주하는 것을 언제나 두려워하기 마련이라고. 예전과 같았다면 그저 그게 무슨 말인가. 말도 안 되는 말이 아닌가 하며 혀를 찼을 수도 있겠지만, 지금 와서 돌아보니 어쩌면 그 말은 결코 틀리지 않았던 것일지도 모르겠다. 나는 언제나 누구든지 자기 자신을 사랑해야 한다고, 힘든 순간마저도 안고 나아가야 한다고 말해왔던 사람이었지만, 정작 거울 속에 비친 있는 그대로의 내 모습을 이해하고 온전히 안아 주기엔 당연히 역부족이었다.

역시 나는 있는 그대로의 내 자신을 사랑할 수가 없는 사람인 것인가. 이런 생각에 빠져 아주 잠시 동안이었지만 자존감이 더욱 바닥을 치게 되었다. 그러다가 이런 생각이 들었다. 나 자신을 꼭 매 순간 사랑해 줘야 할 필요가 있는가. 아무리 사랑 없이 살 수 없는 존재가 인간이라지만, 사랑만으로 살아가기에도 너무 역부족이지 않은가. 때론 내가 밉고 원망스러운 그런 감정과 과정들도 결국엔 자기 자신을 향한 사랑의 일부분이 아닐까. 미움도, 원망스러움도, 때론 혐오 또한 사랑의 일부가 아닐까. 그 모든 것들이 어우러져 결국 사랑이란 하나의 감정의 형태를 만들어 내는 것이 아닌가.

그래요. 맞습니다. 나라고 나 자신이 좋기만 했었을까요. 미안하지만 나도 내가 싫을 때가 있습니다. 한 겹, 두 겹, 몇 겹을 껴입어도 가슴 한편이 시린 날. 진눈깨비가 내리는 날. 거울을 보고 싶지 않은 날. 당신의 눈동자에서 도저히 나를 찾을 수 없는 오늘 같은 날. 나는 으깨져 버린 눈처럼, 바닥에 누워 버린 비처럼 마음이 무너지는 날이 있습니다. 내게 출렁이는 그대에게 내려 보아도 도통 쌓일 생각이 없는가 하면, 비었으면 좋았으련만 눈으로 내려 쌓여야만 닿을 수 있는 운명이 야속하기

도 하고, 마음을 내어놓아도 위선으로 포장된 마음이 도착하는
가 하면 인생이 고달프다 못해 싫기도 합니다. 터벅터벅 걸어
가는 발걸음에도 발에 걸리는 것들이 왜 이리도 많고 늘 걸어
가는 그 길은 평탄한 적이 없는지. 나라고 사랑이 싫겠습니까.

　나라고 사랑을 하지 않겠습니까. 진눈깨비 같은 사랑을 해야
하는 인생일 뿐인 것을 이미 누군가를 향해 출렁이는 당신이
알겠습니까. 미안하지만 나도 내 인생이 싫을 때가 많습니다.
맞지 않는 사랑이 머물기도 하고 위선의 관계가 벗이라고 하는
내 삶이 나라고 좋겠습니까. 나도 내 삶이 싫을 때가 있습니다.
존재가 금세도 녹아 버리는 진눈깨비 같을 때. 그대에게 나는
아무것도 아닐 때. 그럼에도 여전히 질척이게도 내리고 있는
내가 나도 지겨울 만큼 싫습니다. 이 모든 것을 웃어넘기는 내
가 나라고 좋겠습니까.

　나도 이런 내가 참 싫습니다. 그렇다고 해서 당신도 자기 자
신을 너무 미워하기만 하진 말았으면 좋겠습니다. 가끔 미워
하기도 하고, 그러다 다시 사랑하기도 하며 적절한 애증의 관
계를 가져야 할 필요가 있지 않을까요.

우리 그렇게, 밉다가도 다시 사랑에 빠지고 사랑하다가도 순간 미워질 수조차 있는 인간적인 사랑을 합시다. 완벽하지 않은 사랑. 영원하지 않은 사랑 말입니다. 때론 그런 애달픈 사랑들이 더 아름답게 느껴질 수도 있으니까요.

행복

어느 춥고 시린 겨울 무렵, 이름 모를 누군가에게 꽤나 당황
스러운 질문을 받은 적이 있다. 나에게 있어 가장 이루고 싶은
꿈이 있다면, 그것은 무엇이냐고. 그 물음에 망설이지 않고 나
는 대답했다. 행복이 꿈이라고. 그래, 그렇게 말했다. 행복은
가볍고도 얇은 깃털과 같았다. 그래서 언제 어느 시점부터 내
삶에 정착해선 언제, 어느 시점에서 내 손을 떠나 먼 곳으로 도
망쳤는지 알 수조차 없었다.

예고 없는 행복의 등장을 눈치채기엔 난 불행의 씨앗이 심어
놓은 덫에 걸려 정신이 너무 없었고, 그렇다 해서 도망가는 행
복을 붙잡기엔 그럴 만한 그릇도, 멋진 용기도 나에게는 전혀
없었다. 행복이란 꿈의 형태를 한 깃털이었다. 매번 어떤 형태
로 다가올지 어떻게도 알 수 없었고 매번 어떤 방식으로 떠나
갈지 예측할 틈도 없이 짙은 바람에 휩쓸려 금방 사라졌다. 나
는 행복에 목이 말랐다. 불행은 예전부터 줄곧 내 곁을 지켜 주

곤 했지만 그럼에도 결국 나는 행복을 꿈꾸었다.

허나, 행복해지고 싶다는 간절한 마음 하나만으로 당장 행복을 가질 수는 없었다. 행복은 내가 손에 쥐고 싶다 해서 내 손 안으로 들어오는 것이 아니고, 설령 내 손안에 있다고 하더라도 그것이 떠나갈 때가 되어서야 비로소 행복을 품었다는 사실을 깨닫게 되곤 하니까.

작년, 몸보단 마음이 유난히 아프고 괴로웠던 어느 날. 어느 계절. 난 길거리를 거닐다 문득 방금 내 옆을 스쳐 지나간 한 여자를 보았다. 그녀는 매우 아름다운 미소를 띠고 있었다. 뒷모습마저도 전부 찬란히 빛에 물들어 있었다. 나는 그 모습을 보고 비로소 확신했다. 그것은 분명, 행복임이 틀림없었다. 고작 미소만으로 그 사람이 행복할 거라고 단정 지을 순 없겠지만 인간의 가장 어두운 그림자와 연결된 뒷모습에서도 작은 슬픔조차 찾아볼 수 없다는 것은, 분명 그날 그 사람은, 오늘만큼은, 지금 이 순간만큼은 세상의 그 누구보다도 행복한 사람이 확실했다.

나는 부러운 마음을 곧 무거운 발걸음으로 짓누르며 겨우 집에 돌아왔다. 그리고 깊이 좌절했다.

나는 왜 행복할 수 없는 걸까. 나는 왜 이렇게 아프고 힘들어야만 하는 걸까. 내 삶의 여러 장면들 중에 행복한 순간이 있긴 했을까. 그러다 얼떨결에 문득, 책상 앞에 놓인 추억의 사진을 바라보게 되었다. 그때의 나는, 내일 당장 죽어도 여한이 없을 만큼의 미련 없는 웃음을 짓고 있었다. 내 삶에도 행복이 찾아왔던 것일까. 하는 생각에 그나마 조금 절망한 마음이 가라앉았다.

그러고 보니, 그때 그날 일이 떠올랐다. 행복에 겨워 미소를 단 한순간도 놓아주질 않았던 하루였는데, 저 멀리서 혼자 하염없이 서러운 눈물을 잔뜩 쏟아 내고 있는 한 남자를 보았다. 그는 몸과 마음의 전부가 슬픔에 젖은 듯했다. 불행이 마치 그의 주변을 온통 감싸듯이 어두운 기운과 함께 뜨거운 눈물이 신발 근처의 바닥을 적시었다. 그는 행복해 보이지 않았다. 불행이 그의 뒤를 악착같이 쫓고 있는 것만 같았다.

당시에는 안쓰럽단 생각 말고는 하지 않았는데 현재 내 모습을 보니 그 심정이 어땠을지 감히 말도 할 수 없을 만큼 공감이 되었고 가슴 한켠이 너무 아려 왔다.

아아, 옛날 옛적 누군가가 그런 말을 했던가. 누군가에겐 당연한 것이 또 다른 누군가에겐 꿈일 수도 있다고. 나는 행복할 때 지금의 내 곁에 머물고 있는 이 행복이 무척 당연한 것이라고 여겼다. 결코 떠나지 않을 거라고 믿고 또 확신했다. 그렇게도 나에게 있어 당연한 것이, 누군가에게 있어선 간절한 꿈이었을지도 모르겠단 생각에 뭐랄까, 조금 신기하면서도 묘한 기분이 들었다.

어쩌면 매 순간 행복만 가득한 그런 세상을 만드는 것은 애초부터 불가능한 꿈일지도 모른다. 솔직히 밝은 빛이 존재한다면 어둠 또한 존재하기 마련이다. 어둠이 있기에 빛이 있고, 빛이 있기에 어둠이 있다. 그와 마찬가지로 불행이 있었기에 행복이 있고, 행복이 있었기에 불행 또한 존재할 수 있는 것이다. 누군가가 미치도록 행복할 때에 누군가는 죽을 만큼 불행할 수 있고, 누군가가 죽을 만큼 불행할 때 누군가는 미치도록 행복할 수 있다. 누군가의 행복을 위해 누군가는 불행을 맞이해야만 하고, 누군가가 불행을 대신 맡아 줘서 덕분에 누군가는 행복에만 젖어 들 수 있다. 어떻게 보면 희생의 수레바퀴라고 봐도 되겠다.

만약 나에게 주어진 행복이 누군가의 슬픈 희생으로부터 만들어진 것이라면, 우리들은 사실 그런 희생의 눈물로 만들어진 행복들을 너무 당연하게 여기며 소홀히 대한 것이 아니었을까. 나의 행복의 출처란 건 결국 누군가의 불행이 아니었을까. 그 사람이 불행의 손을 잡아 줬기에 내가 행복의 시간에 머무를 수 있는 것이 아닐까. 어쩌면 그 희생의 출처는 이름조차 아예 모르는 세상 반대편의 사람일 수도 있겠지만, 모든 가능성을 두고 바라본다면 내 주변에 가장 가깝고 소중한 사람일 수도 있다.

유명한 철학자 아리스토텔레스는 이렇게 말했다. 인간의 가장 궁극적인 목적은 행복이라고. 만약, 아주 만약에 모두의 꿈이 행복이라면, 하지만 결코 모두가 같은 순간에 같은 행복을 거머쥘 수 없다면, 그리고 그중에서 내가 그 꿈을 어떻게든 이루게 되었다면, 나는 누군가의 꿈을 빼앗은 꼴이 아닐까. 모든 생명의 소중함은 절대로 변하지 않는 불변의 진실일 테니 나는 소중한 어떤 이의 간절한 꿈을, 바랐던 행복을 의도치 않게 잔인하게 빼앗아 버린 걸지도 모른다.

이미 예고도 없이 무턱대고 찾아와 버린 행복을 돌려줄 방법은 없겠지만, 적어도 모두가 똑같이 바라보고 있을 공평한 저 하늘에 눈을 맞추며 가벼운 인사 정도는 남기고 싶은 마음뿐이다.

정말, 참, 고맙습니다. 당신의 희생으로 나는 과분하게도 행복한 사람이 되었습니다. 반드시 이 행복, 당연히 생각하지 않고 익숙함에 젖어서 소홀히 대하지 않고, 소중히 잊지 않고 아끼고 아껴 쓰다, 당신의 곁으로 다시 보내 드리겠습니다. 나의 이 행복을 돌려 드리겠습니다. 부디 그땐 당신도 더는 몸도 마음도 아프지 말고 행복만 해 주세요. 이 세상에서 가장 행복한 사람이 되어 주세요. 설령 난 그다음에 불행을 맞이하게 되더라도, 나는 그것만으로도 되었습니다. 충분합니다. 알았죠.

낭만

낭만이 삶을 살아 숨 쉬게 만든다고 믿습니다.

길고 또 고된 하루의 끝에 버스나 지하철 창가에 앉아 흐르는 강물에 비치는 노을빛을 바라보며 잠시 모든 생각을 멈추는 일. 오랜 걱정을 꺼 두는 일. 아니면 늦은 저녁 담벼락에 걸터 앉아 시원한 맥주 한 캔을 따며 아름다운 노랫말을 흥얼거리는 일. 모든 것들은 사소하지만 저마다의 낭만을 품고 있습니다.

사랑하는 연인과 즐거운 데이트 끝에 헤어지는 순간은 어땠습니까. 비록 오늘은 아쉬움이 가득한 만남이었지만 다음번엔 행복할 일만 가득할 거라는, 이별만이 심어 줄 수 있는 소중한 낭만이 또 존재하지 않겠습니까. 모든 낭만은 저마다의 아름다움과 희망을 품고 있고 낭만의 끝에는 또 다른 낭만이 기다리고 있습니다. 봄은 언젠가 무너질 계절이긴 하지만 그럼에도 불구하고 새롭게 피어날 봄꽃을 기다리는 삶이지 않습니까. 모든 이가 그렇게 살아가고 있지 않습니까.

물론 여기서 더 좋아지는 것은 바라지도 않고 그저 더 나빠지지만 않았으면 좋겠다는 김빠진 바람만 품고 있을지도 모르겠습니다. 오로지 내가 감내해야 할 아픔과 고통을 속삭이는 십자가를 지친 어깨와 한층 좁아진 등에 짊어지고 무거운 발걸음을 어렵게 옮기고 있을지도 모르겠습니다. 한숨 돌릴 틈도 없을 만큼 정신없이 바쁜 일상 속에서 우울함을 느끼는 이도 있을 테고, 공허한 방의 한구석에서 모든 외로움과 슬픔을 끌어안은 채 우울을 홀로 삼키는 이도 분명 존재하겠죠.

모두가 잠든 늦은 새벽에 잠들지 못한 채 울부짖는 아픔 또한 있을 수도 있겠죠. 그렇지만 우린 언제나 '그럼에도 불구하고'라는 말을 기억하고 또 되뇌어야 합니다. 온통 거짓된 마음과 우릴 배신한 세상의 흔적투성이라고 할지라도, 죽고 싶다는 말을, 더 이상 살고 싶지 않다는 말을 입가에 머금고 살더라도, 또 다른 가슴 한켠에는 여전히 놓지 못하고 있는 낭만 한 자루가 살아 숨 쉬고 있지 않습니까. 어쩌면 그 낭만이 당신을, 나를, 우리를 계속해서 살아가게 만들고 있지 않습니까.

그래요. 낭만은 그럴 것입니다. 낭만은 현재 고통뿐인 세상에서부터 우릴 전혀 다른 세계로 데려갈 것이고 그곳에서는 온종일 맡아도 옅어지질 않는 아름다운 향기를 지닌 행복만이 가득할 것입니다. 우린 더 이상은 슬픔의 눈물도, 아픔의 비명도 지르지 않아도 될 것입니다. 그 모든 것들은 언젠가 현실이 되어 줄 것입니다. 우리 저마다의 모든 낭만은 그렇게 결국 현실이 되어 줄 것입니다.

다른 누군가가 그저 입에 발린 소리일 뿐이라고, 절대 그럴 일이 없다며 현실을 직시하라고 한다고요. 그런 것쯤은 아무렇지도 않고 아무런 영향도 줄 수 없습니다. 낭만을 품은 이에게 낭만을 지우라고 말할 자격은 그 누구에게도 없습니다. 세상이 아무리 우릴 헐뜯고 할퀴어도 절대, 무슨 일이 있어도 작은 낭만 하나쯤은 잃지 맙시다.

그리고 가끔 내 삶이 너무 초라하고 비참하게 느껴질 땐 잠시라도 이렇게 생각해 봤으면 좋겠습니다. 어떻게 보면 당신 또한 누군가에겐 낭만의 존재이고, 당신의 삶은 어떤 이에겐 낭만 그 자체일 수 있다는 것을. 우린 누군가의 낭만을 빌려 지금 현재 이 순간들을 아낌없이 살아가고 있다는 것을.

낭만을 잃지 마세요. 그리고 기억하세요. 당신은 존재 자체만으로도 이미 낭만입니다. 당신이 비로소 낭만입니다. 부디 당신이란 낭만을 잃지 않기를. 당신의 낭만이 먼 훗날 부끄럽지 않은 현실이 될 수 있기를. 어디에도 기댈 수 없는, 그럼에도 어디에도 기대고 의지하며 버텨야만 하는 외로운 현실이 아닌 마냥 행복할 수 있고 미소 지을 수 있는 낭만의 파도에 잠시라도 휩쓸려서 잠시나마 행복할 수 있기를. 우리의 낭만이 또 다른 행복을 새롭게 꽃피울 수 있기를. 매정했던 운명이 당신을 위해 잠시라도 기도해 준다면 좋겠습니다.

아아, 무게감이 너무 부담스러운 말들이었나요. 그저 당신이 모든 삶의 기억에서, 순간 속에서 행복한 사람으로 기록되었으면 좋겠단 말이었습니다. 모쪼록 행복만 하세요. 예전처럼 또 미친 듯이 슬퍼지거나 아파하지 말고요. 몸도, 마음도요.

응원

따스한 햇볕이 스며들어 온 화창한 날이든, 무심한 먹구름이 잔뜩 껴서 흐릿한 날이든, 어떤 날이든 간에 하늘을 잘 올려다보지 않습니다. 무심코 하늘을 바라보게 되었을 땐, 그 하늘 위에서 떠올릴 수 있는 불행의 가짓수가 너무 많기 때문이죠. 누군가는 푸른 하늘을 올려다보며 낭만을 꿈꿀 수도 있겠지만 나는 검게 물든 땅을 보며 낭만을 주워 담는 사람이라 그런 걸지도 모르겠습니다.

한때 모든 이가 행복에 머무르는 상상을 한 적이 있습니다. 행복은 우주의 끌림이라고 생각하여 내가 간절히 바라고 원한다면 반드시 이루어질 수 있는 낭만이라고 확신한 적이 있습니다. 하지만 결국, 낭만의 정의가 무엇입니까. 무척이나 서정적이고 비현실적이며 그저 환상적인 것에 불과할 뿐이지 않습니까. 그토록이나 믿어 왔던 낭만의 온전한 무너짐을 두 눈앞에서 바라보고 나서도 삶의 희망에 대해 이야기할 수 있는 사람이 세상에 몇이나 되겠습니까.

어쩌면 행복조차 이루어질 수 없는 낭만일지 모른다며 누군가는 지금 이 순간에도 불행을 온몸에 감싸 안으려고 발버둥 치고 있겠죠. 하지만 난 당신이 그러지 않았으면 좋겠습니다. 행복이 그저 이루어질 수 없는 낭만에 불과할 뿐이라며 혀를 차지 말았으면 좋겠습니다. 노력대로 되지 않고 마음대로 풀리지 않는 세상일에 너무 비참함을 느끼며 신세 한탄만 하루 종일 하진 않았으면 좋겠습니다.

당신의 낭만은 언젠가 분명 이루어질 희망이자 먼 미래의 행복을 위한 첫걸음이 될 것이라고 굳게 믿었으면 좋겠습니다. 가슴 시린 아픔이 많고 거짓된 마음과 말들이 뒤섞인 세상이지만 그래도 당신만큼은 아름다운 낭만을 품었으면 합니다. 낭만다운 낭만을 좀 품어 봅시다. 늘 현실과 타협한다는 말을 명목 삼아 계산적인 낭만으로 스스로의 기대와 자존감을 낮추지 말고요. 그건 아픈 낭만이지 않겠습니까. 나는 당신이 아픈 낭만을 품는 모습을 두 눈으로 지켜볼 수는 없겠습니다.

부디 오늘 밤에 그 누구도 모르는 순간에 살며시 꽃 피워질 낭만은 모쪼록 아름답기만 하길 바랍니다. 한겨울에도 여전히 아름답기만 한 꽃다운 그 가슴속엔, 그에 걸맞은 아름다운 낭만들이 가득하길.

언젠가 시간이 흐르고 흘러 멀고 먼 오늘이 찾아왔을 때, 다시 한번 지난 과거 오늘의 낭만을 뒤적여 보게 되더라도 후회스러움과 부끄러움이 남지 않을 만큼의 아름다운 낭만을. 그대의 모든 순간에서 꽃피울 수 있기를. 아름답게, 세상 그 누구도 함부로 가늠할 수 없을 만큼 그렇게, 세상 그 무엇보다도 가장, 아주 많이 아름답게만.

영원

달콤한 것들은 꽤나 몸에 해로운 흔적들을 남기고는 한다. 그것을 맞이하는 순간에는 무척이나 달콤하며 세상 모든 것들이 아름답게 느껴질 수 있겠지만은 그 찰나가 지나 버리고 나면 그에 뒤따르는 통증과 회의감은 이내 말로 표현할 수 없을 만큼 깊으면서도 거대하다. 그런 달콤한 것들 중 하나가 난 사랑이라고 생각했다. 그렇게 믿었다.

사랑은 순간의 달콤함일 뿐이라며 잠시 혀를 찼던 순간들도 많았다. 언제나 처음인 듯, 그리고 마지막인 것처럼 날 찾아오며 이번 사랑이 끝나면 나의 모든 계절들이 소멸하게 될 것마냥 몹시 불안해하고, 벌써부터 온 세상이 무너지는 듯한 그런 기분을 선물하곤 했으니까. 이름 모를 누군가를 당신이라 부르기 시작하며 사랑에 빠지고, 그와 함께 영원을 속삭이며 사랑을 나누고, 또 이번 같은 사랑은 두 번 다신 없을 거라며 평생토록 지워지지 않을 것만 같은 가슴 아픈 이별의 흔적을 남기는 일.

어쩌면 인간이 품은 마음들 중에서 가장 어리석고도 미련한 마음은 사랑. 그것이 아닐까 싶다. 미련한 사랑이 아니라 사랑 그 자체가 미련할 뿐이라고 쉽게 단정 지으며 누군가의 영원이 되는 것을 꿈꾸는 것조차도 그저 무너져 버릴 낭만에 불과할 것이라고 그렇게 사랑을 향한 이유 모를 원망과 불신감을 한껏 가슴속에 담아 두곤 했다.

그런데 도대체 어째서일까. 어떻게 된 이유에서였을까. 나는 누구도 사랑하지 않을 것이라며 가슴에 깊이 맹세하고 또 다신 이별에 무너지지 않을 것이라며 온 하늘에 다짐했는데, 온 하늘이 무너져도 마지막까지 끌어안고 싶은, 나의 온몸이 부서져도 괜찮을 정도로 사랑하는 사람이 생겨 버리고 말았다. 그 사람을 위해서라면 나의 모든 계절이 숨을 거두게 되어도 괜찮았다. 이미 그를 사랑한 순간부터 그는 나의 모든 계절의 이유이자 존재 그 자체가 되었으니.

또한 혹여나 나중에 찾아올 아픔 따위를 걱정하며 사랑할 여력 따윈 내게 없었다. 내게 당장 필요한 것은 눈물겨울 만큼 따듯하고 다정한 사람이었고 또 사랑이었으니.

그 모든 조건을 충족해 줄 사람과 인연이 맺어졌으니 더 이상 세상 어떤 것들도 두렵지 않게 느껴졌다. 이게 바로 사랑의 힘이구나. 그것에 그렇게 많이 의지하고 기대고 또 모든 것을 주고 나중엔 미친 듯이 아파하고 무너지고 거세게 흔들리게 될지라도, 언젠가 사라져 버릴 봄처럼 찾아와도 한 번쯤은 또다시 속아 보고 싶은 마음이 생겨나고, 그런 마음에 입을 맞추며 다시 그것에 길을 잃은 물고기처럼 흠뻑 빠져 버리게 되는 것. 그것이 결국 사랑 그 자체구나.

그렇다면 나는, 아마 당신을 사랑하는 일 말고는 할 수 있는 게 없을지도 모르겠다. 내 온몸이 온통 부서지고 헝클어져도 당신이라는 하늘 하나만큼은 반드시 끌어안으며 사랑하고 말아야겠다. 이루어질 수 있는 건지 잘 모르는 불확실한 영원을 다시 한번 믿으며 있는 힘껏 미칠 듯이, 아름답게 사랑을 해야겠다.

나의 모든 계절이 된 당신아. 나라는 볼품없는 존재가 당신의 영원이자 또 낭만의 한 줄로 기록되는 것을 허락해 줄 수 있겠습니까. 비록 영원한 것은 결코 없다고 말하는 세상이라고 할지라도 서로가 영원을 함부로 품어 보기로 다짐해 줄 수 있겠습니까.

나의 얄팍하고 투박한 이런 문장들로 사랑을 표현할 수밖에 없는 것을 나름대로 이해해 주고 또 온전히 사랑해 줄 수 있겠습니까. 만약에 이 모든 질문에 당신이 한 치의 고민과 망설임도 없이 고개를 끄덕거린다면, 난 이 세상 그 누구보다도 멍청한 바보처럼 여지껏 상처 받아 온 마음을 내어 주며, 또다시 한번 영문 모를 사랑에 빠져 보겠습니다.

사랑이 아닌 당신을 믿겠습니다. 당신이 나의 온전한 사람이자 사랑이 될 때쯤엔, 나는 당신의 영원이 되겠습니다. 우리, 그렇게 평생토록 무너지지 않을 낭만의 봄을 함께 만들어 가보자고요. 찰나의 달콤함과 짧은 마주침이 아닌, 길고 또 영원할 사랑의 모든 흔적들을 말입니다. 서로가 서로의 다정한 낭만이자 영원한 봄이 되어 주는 거예요. 마치 당신의 짧은 그 숨결이 나의 메말라 버린 모든 삶에 생기를 하염없이 불어넣은 것처럼. 알았죠.

홀로

차가운 슬픔과 무거운 힘듦이 목구멍까지 금방 차올라선 얼른 토해 내고 싶은 마음뿐인 날이 있습니다. 그런 날엔 보통 맥주 한 캔을 챙겨선 물결이 잔잔한 바다를 찾아 떠납니다. 그리고 그곳에 도착해선 구석에 조용히 앉아 풍경을 멍하니, 뚫어져라 바라보곤 합니다.

가슴 한켠이 자꾸만 아려 오는 이유는 아마도 예고 없이 요동치는 저 파도와 쓰디쓴 맥주 때문이겠죠. 그렇게 구경을 마친 후엔 아무런 일조차 없었다는 듯이 평범하게 곧 집으로 돌아옵니다. 집 문을 열고 들어서면 날 반겨 주는 이가 없는 상황을 너무 인정하기 싫은 마음에 혼자 다녀왔단 인사를 거울 앞으로 가서 내뱉곤 합니다. 그리고 난 다음, 아무 이유 없이 찾아오는 우울함과 공허함들은 내 손을 잡아끌곤 부정적인 감정의 늪으로 데려가곤 하죠.

나를 걱정하는 누군가의 괜찮냐는 물음에 괜찮다고 대답을 할 수 없을 만큼 망가지고 부서진 나의 마음을 바라볼 땐 안쓰러운 마음이 들어 나도 모르게 무의식적으로 나의 모습을 비추는 거울을 끌어안고야 맙니다. 이렇게라도 하면 잠시라도 내 마음이 위로받을 수 있을 것 같아서. 내가 다른 누구도 아닌 나 자신을 사랑하고 있는 것만 같아서요.

그런 기분에 잠시 만족감과 안정감을 느끼고 그다음엔 두 눈을 감고 애매한 시간대의 저녁이 떠나고 어두컴컴한 새벽이 찾아오길 기다립니다. 혼자 있으면 당연히 외롭기 마련이지만 다른 누군가와 함께 있어도 여전히 외롭다는 생각이 들고, 힘들고 지칠 땐 당연히 불행하다고 느껴지는 게 당연한 사람 마음이지만, 행복할 땐 언젠가 누군가가, 무언가가 내 행복을 앗아가 버리진 않을까 하는 걱정에 끝없이 몰려오는 불안감에 또 다시 행복과의 이별을 마주하고 맙니다. 아무래도 결국, 사실 인간은 평생토록 행복할 수 없는 운명을 타고난 존재가 아닐까 싶습니다. 머릿속에서 무수히 많은 여러 생각과 기억들이 스쳐 가고 있는 와중에 문득, 그냥 이런 생각이 들었습니다.

설령 서로 이름조차도 모르는 누군가라 할지라도 그냥 날 한 번만 품에 안아 줬으면 좋겠다고. 아아, 어쩌면 나는, 당신은, 또 이 세상을 살아가고 있는 우리들 모두는 사실 다른 그 무엇도 아닌 바로 외로움에 가장 지쳐 있는 상태일지도 모르겠습니다. 물론 겉으로는 무척 가깝고 애틋한 관계처럼 보일지 모르지만 정작 정말로 내가 힘들고 지칠 땐, 진심으로 날 도와주거나 안아 줄 수 있는 이가 없기에. 그 어떤 누구도 함부로 믿을 수 없고 마음을 쉽게 줄 수가 없어서 계속 의심하고 의심해야만 하기에.

그렇게 공허한 마음을 돌봐 주지 못하고 아픔을 홀로 계속 억지로 삼켜 내다 보니, 그러다 이렇게 바닥까지 추락하고 무너진 게 아닐까. 싶은 생각이 듭니다. 무뎌질 줄 알았지만 무너지고 말았군요, 결국. 저기, 있잖아요. 이름 모를 당신아. 혹시 괜찮다면 나에게로 딱 한 번만 다정한 손을 내밀어 줄 수 있을까요. 그리고 또 따뜻하고 포근하게 날 한 번만 품 안에 안고 공허하기 짝이 없는 텅 빈 내 가슴에 사랑을 새겨 넣어 줄 수 있을까요. 내가 그곳에서만큼은 방황하거나 떠돌지 않도록 말입니다.

　예고조차 하지 않은 채 갑자기 찾아온 이유 없는 나의 무너짐처럼 당신 또한 이런 날엔 아무 말 없이, 그렇게 나를 안아 주었으면 좋겠습니다. 아, 그리고 이 세상의 어딘가에서 나와 같은 아픔을 가슴속에 품고 살아가는 이에게 위로와 응원의 말 몇 마디만 전하겠습니다. 그 어떤 누구에게도 이해받지 못한 아픔을 가슴속 깊은 곳에 그대로 묻어 둔 채 죽을 둥 살 둥 억지로 하루하루를 버텨 내고 있는 당신아. 다 괜찮습니다.

　우울이 몸을 흠뻑 적시고, 외로움이 가슴을 난도질해 놓아도, 그렇다고 해도 괜찮습니다. 조금 잔인하고 슬픈 말일지도 모르겠지만, 죽고 싶은 마음뿐이라도 결국엔 다 살아집니다. 그저 살다 보면 살아지게 되어 있습니다. 그렇게 계속 살아지다, 언젠가는 그 아픔들이 전부, 흔적까지도 모두 다 깨끗이 사라지길 바라겠습니다.

　계속 살아지다, 결국 사라지길 바라겠습니다. 힘겨운 하루 끝에 찾아온 유일한 휴식의 시간인 당신의 새벽만큼은 절대 아픔을 불러오지 않기를 바라겠습니다. 부디, 제발 당신이 너무도 힘들어하거나 아파하진 않았으면.

　잠자리에서라도 편히 눈을 감을 수 있는 행복한 사람이 되었으면. 반드시 행복만 하고 자주 웃었으면 좋겠습니다.

봄은 가도

봄은 나이를 먹지 않는다. 평생토록 사랑의 향기만 먹고 자란 봄은 절대 세월에 무너지거나 추위에 떨지 않는다. 나는 그렇기에 봄을 사랑하고 또 애정한다. 아무리 춥고 시린 겨울이라 할지라도 결국 봄을 이길 순 없듯이, 돌고 돌아 언젠가는 또다시 나에게로 돌아와 줄 믿음직스럽고 든직한 계절이니까. 떠나간 인연은 절대로 되돌아오지 않는 법이지만 떠나간 봄은 반드시 되돌아와선 내 품에 사르르 안기며 축복의 향기를 선물해 줄 테니까.

괜한 큰 기대를 하지도 않는다. 기대는 실망을 불러올 거란 말을 믿어서가 아니라, 그딴 헛된 기대감보다 훨씬 근사하고 거대한 사랑이 날 찾아오게 될 테니. 지난날의 아픔을 전부 잊게 만들어 줄 아주 포근하며 달콤한 사랑일 테니. 죽을 만큼 아파했던 날들은 모두 다 지나갔다. 슬퍼하고 아파하고 그리움에 물들어 눈물을 적실 시간은 더 이상 남아 있지 않다. 이젠 사랑할 일만, 또한 사랑받을 시간만 남았다.

너라는 계절이, 너라는 봄이 벚꽃잎의 형태를 띤 채 춥고 시린 겨울의 마지막을 알려 주는 시원한 바람을 타고 날아와선 살며시 나의 누추한 어깨 위에 정착하게 된다면, 그것은 분명히 나의 삶에게도 사랑이라는 진한 봉숭아 꽃물을 만끽할 수 있는 달콤한 축복의 향기들이 배어들었다는 증거겠지. 분명 예전과 같은 아픈 사랑일 거라고 확신하며 괜한 두려움에 뒷걸음질 치는 일도 더 이상은 없을 것이다.

알 수 없는 설렘에 나도 모르게 입가에 미소를 띤 다음, 뜀박질을 멈추지 않는 심장을 부여잡고 애써 행복한 표정을 감추려고 노력하지 않을 것이다. 혹시 실례가 되지 않는다면 언젠간 만나게 될 당신에게, 우리 인연에게 조금 욕심을 부려 봐도, 작은 부탁 몇 가지만 청하여도 괜찮을까. 잠시라도 좋으니 이 순간만큼은 나의 온전한 행복이 되어 주어라. 내 삶이란 초라한 화분에 아름다운 꽃 한 송이가 되어 주어라. 봄이 올 땐 너도 같이 오고, 시간이 지나 봄은 가도 너는 가지 말아라. 봄은 떠나가도 너는 떠나가지 말아라.

그렇게만 해 준다면, 나는 기꺼이 좋은 거름이 되어 당신이란 꽃을 피워 낼 수 있는 사랑의 잔재로써 최선을 다할 테니. 작은 그림자 하나라도 절대 다치지 않도록 소중히 아껴 주고 또 사랑할 테니. 당신과 나의 이름을 적을 수 있는 여기 이 공간엔 우리라는 꽃말을 든든하게 걸어 둘 테니.

부디, 내 사람아. 내 사랑아. 따스한 봄을 핑계 삼아 이번엔 꼭, 반드시 내 곁으로 달려와라. 내 품 안에 안겨 줘라. 그렇게 나의 삶의 이유가 되어 줘라. 그럼 난 아마도 모든 이들의 축복을 한 몸에 끌어안은 것처럼 거대한 이 세상 속에서 가장 행복한 사람이 될 테니.

한숨

늦은 새벽에 눈을 뜨곤 합니다.

아침엔 눈부신 햇살을 이겨 내지 못한 채 끝내 항복을 해 버리는 무거워진 두 눈꺼풀을 닫으며 잠시 몸과 마음을 쉬어가곤 합니다. 그리고 늦은 밤에 부스스한 머리를 털고 자리에서 벌떡 일어나선 담배 한 대를 입에 물고 라이터로 불을 붙여 깊은 사색에 빠지고는 합니다. 사실 나는 이러한 일상을 좋아합니다. 새벽이라는 시간을 사랑합니다.

다른 그 누구도 감히 함부로 내 일상에 관여할 수 없는 나만의 시간이자 공간인 이곳을 마냥 애정하고 또 아끼는 마음뿐입니다. 또한 담배 연기를 목구멍으로 삼키며 또다시 입술을 벌려 내뱉는 그 과정 속에서 퍼져 나가는 하얗고 짙은 공기들을 볼 때마다 이런 생각을 합니다. 저것들은 어떻게 보면 내 마음 속 깊은 곳에서 우러나오는 한숨이 아닐까, 뭐 이런 누군가가 보면 부질없어 보일 수도 있는 그런 생각 말입니다.

이때 어떤 유명한 시인이 했던 말이 불현듯 떠오르게 되었습니다. 모든 이들이 잠든 도시에 잠들지 못한 한숨도 있기 마련이라고. 솔직한 말로다가 다들 세상은 좁다고 말을 하지만 사실 지구 전체를 봤을 때엔 세상은 무척이나 넓고 다양한 인종을 가진 사람들, 다양한 성격을 가진 사람들이 존재하고 있습니다.

물론 그중에서 나와 다른 사람들도 굉장히 많겠지만, 소수의 어떤 사람들은 나와 비슷한 상황, 비슷한 마음, 비슷한 새벽을 보내고, 또한 비슷하다 못해 아주 똑같은 한숨을 창문 밖으로 내뱉고 있을 수도 있겠죠. 그렇다면 나는 그들에게 한 가지 질문을 던져 보고 싶습니다. 당신이 지금 내뱉고 있는 한숨의 출처는 무엇입니까. 깊고도 짙은 당신의 그 한숨은 가슴속 어떤 비밀스럽고 깊은 곳에서부터 바깥세상 창문을 넘어 어디까지, 어떻게 멀리 퍼져 나가고 있습니까.

그리고 그 한숨의 온도는 어느 정도입니까. 손에 닿으면 다정한 따스함이 느껴질 만큼 뜨겁습니까. 아니면 손에 닿아도 아무런 감흥이 없을 만큼 차갑습니까.

내 세상에선 내가 가장 아프고 힘든 법이라고 하지만, 내가 이렇게 괴로워하고 있는 시간에 나와 비슷하게, 아니 나와 똑같이, 마치 나처럼 힘들고 지친 마음을 이끌고 어두컴컴하고 외로운 새벽을 맞이하고 있는 이들 또한 분명히 존재하겠죠. 모든 이가 잠들어 있는 이 밤에 아직까지도 잠들지 못하는 한숨 또한 분명히 존재하고 있겠죠.

다만, 그 한숨이 너무 길어지진 않았으면 하는 마음뿐입니다. 그 한숨이 너무 깊어지진 않았으면 하는 마음뿐입니다. 아아, 당신의 새벽이 너무 아프진 않길 바란다는 말이 어느새 이토록이나 길어지게 되었군요. 잠들지 못한 한숨을 끌어안고 있는 이들이여. 부디 그 한숨을 내뱉고선 편안히 잠자리에 누워 두 눈을 아름답게 감을 수 있길 바라겠습니다. 부디 지금 이 새벽, 그리고 이 글을 읽고 있는 당신과 이 글을 써 내려가고 있는 나, 우리 모두가 너무 아프거나 힘들어하진 않길 바랍니다.

죽음

죽음이 향기롭게 느껴지는 순간이 있다. 매정한 삶의 끝자락에서 허우적대며, 아무리 찾아도 보이지 않는 의미와 이유를 뒤져 보고 있을 때. 미친 듯이 거센 파도와 같은 힘겨운 하루를 보낸 다음 그 끝에서 먼저 다가오는 아름다운 손길이 하나도 없을 때. 기대할 수 있는 내일이 없고 후회스러운 과거의 내 모습과 선택들이 외로운 거울 속에서 차가운 주마등처럼 빠르게 스쳐 지나갈 때. 우린 그토록 두려워하던 죽음을 마치 평소에 갖고 싶었던 향기로운 꽃을 바라보듯 간절히 원하고 갈구한다.

바보와 천재는 종이 한 장 차이라고 누군가가 말했던가. 그렇다면 탄생과 죽음 또한 종이 한 장, 딱 그 정도의 차이일 뿐이지 않은가. 한 어미의 뜨거운 비명 속에서 한없이 울어 대며 누군가의 이름은 세상에 기록되고, 그 순간에 다른 어떤 한 어미의 뜨거운 눈물 속에서 누군가의 이름은 짙은 바닷가의 깊숙한 곳에서 잠들며 기록된다.

그런 감격스럽고 또 서글픈 과정들을 사람들은 탄생, 또는 죽음이라 부르고는 한다. 허나 만약에라도 세상을 전부 빼앗긴 듯이 울음을 그치지 않은 어떤 아이를 다정히 끌어안아 줄 누군가가 없었다면, 세상으로부터 점점 멀어지는 어떤 이의 뒷모습을 바라보며 따뜻한 눈물을 쏟아 줄 그 누군가가 없다면, 그건 과연 의미 있는 탄생이자 아름다운 죽음이라 불릴 수 있는가. 사랑받기 위해 태어난 존재가 인간이라고 하던데 사랑 없이 태어나고 사랑 없이 죽는 삶이라고 해서 비난받아 마땅한 것인가.

결국 내가 죽으면 장례식에 누가 와 줄까, 내가 태어날 때 내 곁에 누가 있었나, 같은 고민과 잣대들은 아무런 의미가 없을지도 모르겠다. 우리가 태어났고 또 살아가야 하는 이유란 것도 어쩌면 존재하지 않는 허상에 불과할 뿐일지도 모르겠다. 그저 자신들이 지금껏 해 온 노력들을 정당화시키기 위한 하나의 수단이자 허황된 목적이 아니었을까.

그렇다고 너무 좌절하거나 절망할 필요 또한 없는 것 같다. 태어난 이유가 없다고 해서 죽어야 한다는 공식은 올바르지 못하니까.

오히려 이 세상을 찾아온 이유가 없으니 이 세상을 떠날 이유도 없는 것일지도. 축복스러운 탄생이 여행의 시작이고, 안타까운 죽음이 여행의 끝이라면 나는 조금이라도 더 아름답게 끝을 맞이하고 싶다. 매 순간이 불안정한 속도로 흘러가도 그마저도 삶의 한 조각이라고 인정하고, 설령 온갖 불안과 걱정 속에서 방황하게 될지라도 내일이 찾아오면, 그 내일에 또 다른 내일들이 쌓이다 보면 모두 사라져 버릴 오늘의 아픔들에 너무 큰 무게를 두지 않으려고 한다.

그런 사람이 되고 싶다. 슬픈 두 손을 목으로 감싸며 죽음을 향기롭게 바라보는 사람이 아닌, 훗날 아름다운 끝맺음을 위해 힘차게 달력을 넘길 수 있는 그런 사람 말이다. 당신 또한 더 이상 격해지는 고통에 몸부림치며 울부짖지 않아도 괜찮다. 당신이 살아왔고 살아가야 할 모든 날과 계절 속에서 그 아픔은 그저 종이 한 쪼가리 정도 되려나. 딱 그 정도의 흉터에 불과할 테니. 분명 그렇게 될 것이다. 훗날, 반드시. 그러니 부디 오늘 새벽에겐 잡아먹히지 않기를 바란다.

죽은 가슴

누군가는 말했다. 살아간다는 것은 어쩌면, 죽은 가슴 하나를 안고 가는 것이라고. 나는 그 말이 무슨 뜻인지 정확하게 이해할 순 없었지만 가슴 깊숙한 곳에 절실히 와닿는 걸 느낄 수는 있었다. 한없이 설렘 가득한 마음으로 내일을 기다리는 사람이 있듯이, 이미 모든 희망을 전부 잃어버린 채로 오늘을 등진 채, 다시 찾아오게 될 내일을 두려워하며 잠드는 사람도 존재한다.

기쁨의 눈물이 존재하듯 슬픔의 눈물도 존재하며, 슬픔을 어루만져 줄 누군가의 손길이 존재하듯, 슬픔에 슬픔을 더해 줄 누군가의 손가락질도 존재하기 마련이다. 나 또한 그저 남들과 다를 바 없이 소소하지만 행복하게, 평범하게 살아가고 싶었던 마음뿐인데 평범히 살아가는 게 어쩌다 보니 열심히 살아가야만 하는 현실에 발을 들여놓고 있었다. 그래서 가끔 지하철을 타면 여러 사람들을 자세히 관찰한다.

어떤 이는 무슨 좋지 않은 일이 생긴 건지 잔뜩 찡그린 표정을 짓고 있고, 또 어떤 이의 입꼬리는 귀에 닿을 만큼 올라가선 행복의 향기를 풍기고 있다. 그렇게 좁고 작은 지하철의 한 공간에선 제각각 품고 있는 행복과 슬픔의 감정들이 소용돌이를 치며 하나의 거대한 파도를 만들어 내곤 한다. 다만, 우리가 알아야 할 것은, 기억해야 할 것은 모두가 딱 하나만의 감정을 품고 있는 것은 아니라는 것이 아닐까.

당장은 행복할 수 있지만 그 안에 감춰져 있는 슬픔이 존재할 수도 있고, 당장은 슬퍼할 수밖에 없겠지만 그 안에서 피어오르고 있는 행복이란 이름의 작은 희망 하나쯤 누구나 품고 있지 않을까. 죽은 가슴 하나쯤은 감춰 두고 있지 않을까. 어쩌면 이미 등져 버린 희망일 수도 있고, 빛을 발하지 못한 꿈일 수도 있고, 아픈 흉터일 수도 있겠지만 말이다. 내 생각에는 죽은 가슴은 그림자와 참 비슷해서, 우리는 사실 가슴속에 숨겨 둔 그림자가 하나둘쯤은 반드시 존재하는지도 모르겠다.

결국 아프지 않은 사람은 없다.

작은 흉터 하나 없이 피어오른 꽃 또한 없듯이. 덜 아픈 사람이 더 아픈 사람을 위로하며, 안아 주며 그렇게 힘겨운 하루에 또 다른 힘겨운 하루를 보태며, 때론 다정한 하루가 그 안에 스며들어 희망을 불어넣어 줄 뿐이겠지. 그렇게 하루하루를 연명해 나갈 뿐이겠지.

그래도 너무 당신이 아픔만 간직하고 그 늪에 빠져 버리진 않았으면 좋겠다. 계속 그렇게 밑으로 추락하다 보면, 나중엔 잠깐의 숨 쉴 틈조차 없이 너무 아파 버리면, 그땐 우리, 정말 어떡하지. 누구를 믿고 무엇을 사랑하며 무엇에 기대 내일을 살아가야 하지. 참, 우리의 낭만은 왜 이렇게도 나약해지고 숨 쉬기도 버거울 만큼 한없이 너무 늙어 버린 걸러나.

살다 보면

모든 것이 행복에서 멀어질 때가 있다.

이른 아침에 얼른 일어나서 오늘 하루는 어떤 일이 생길지 괜한 기대감에 설레는 일도. 오로지 당장 앞만을 바라보며 정신없이 열심히 달렸던 하루의 끝에 침대에 누워 포근한 이불을 덮은 채로 내가 해낸 일들에 대한 성취감과 내일을 향한 설렘 속에 취해 편안히 잠에 드는 밤도. 처음과는 너무 다르게, 점점 멀게만 느껴지는 날이 있다.

아무리 행복을 향해 두 손을 멀리 뻗어 봤자 전혀 닿을 것 같지 않은 그런 날. 시원한 땀이 아닌 뜨거운 눈물만 가득한 그런 순간들. 모두가 행복과 불행은 종이 한 장의 차이라고 말하지만 내겐 마치 수백 권의 책이 그 사이를 빈틈없이 가로막고 있는 것처럼 느껴지는 날. 그때마다 우린 방황의 아픔을 맞이했던 것 같다.

과연 내 심장이 이렇게도 열심히 뛰고 있는 이유는 무엇일까. 매일 밤마다 눈을 감고 아침마다 눈을 뜨며 흐르는 시간 속에서 열심히 달리고, 벽에 붙은 달력을 몇십 장씩이나 갈아 채우는 과정은 과연 어디로, 어떤 결과로 도달하게 될까. 내 삶의 의미는 어디에 있고 또 어떻게 찾아야 할까. 예전에는 알 수 없어서 오히려 예상하지 못한 것들을 마주할 수 있단 생각에 설레는 마음을 잔뜩 품었지만, 이젠 조금도 예측할 수 없는 마냥 불확실한 미래를 향한 두려움과 불신만이 가슴속 깊은 곳을 잔뜩 차지하게 되었다.

언젠가는 가끔, 나도 모를 궁금증이 생겨났다. 사실 어떻게 보면 이렇게나 두렵고 또 불확실한 삶일 뿐인데, 모두들 어째서 이미 저기 저 밑바닥까지 떨어진 체력과 작은 희망을 질질 끌어가며 매 순간 열정적인 눈물과 땀을 쏟아 내는 걸까. 모든 걸 다 그만두고 싶다며 울음을 펑펑 터트릴 땐 언제고, 나중엔 자신이 내가 정말 그랬냐는 듯이 입가에 미소를 한 움큼 베어 물고 행복한 표정을 열심히 지어내고 있다.

아무리 안간힘을 써도 이루어질 수 없는 것들이 존재하는 이런 세상에서 어떻게 노력과 희망을 한 손으로 움켜쥐고서 그렇게도 열심히 살아가고 있는 건지 나로서는 도저히 이해할 수 없었다. 그런데, 그 순간 거울 속에 비친 나 자신의 모습이 눈에 들어왔다. 갑자기 모든 수수께끼가 조금씩 풀려나가기 시작했다.

솔직한 말로다가, 나 또한 그들과 다를 바가 없었다. 매 순간을 어떻게든 넘어지지 않으려고 무척 애를 쓰고, 어떻게든 이루어 낼 수 있도록 젖 먹던 힘까지 다 쏟아붓고, 비록 절망을 마주하여 몇 날 며칠을 슬픔에 빠져 있더라도 자연스레 시간이 흘러감에 따라 또다시 미소를 되찾아 가는 과정. 이런 나의 모습을 계속해서 바라보고 되돌아봐도 여전히 내 삶의 의미를, 살아가는 이유를 파악해 낼 수 없는 것은 마찬가지였다. 허나, 내가 그들과 다를 바가 없다는 것은 그들도 나와 똑같다는 말이 되기도 했다.

내가 현재 살아가는 이유와 의미를 모르는 것처럼, 다른 이들 또한 그 이유와 의미에 대해 알지 못하고 이해하지 못한다.

우리 인간이 생명이 탄생한 이유를 밝혀내지 못하는 것처럼, 애초부터 삶의 의미라는 것은 인간의 머리로는 절대로 이해할 수 없는 것이기에. 현재 심장의 거센 뜀박질의 이유조차 제대로 설명할 수 없는 한낱 인간일 뿐이기에. 우리가 할 수 있는 일은 그저 내게 주어진 오늘에 충실하고 다가올 내일을 준비하는 것. 결국 그것밖에 없지 않을까.

어쩌면 그것을 위해 우리들의 탄생이 세상에 기록된 게 아닐까. 하지만 한때 나에겐 눈을 감고 잠에 들면 순식간에 지나가는 그 밤이, 눈을 뜨고 하루를 시작하면 자연스레 찾아오는 그 아침들이, 우린 그저 살아가야만 한다는 그 사실이 너무 잔인하게만 느껴졌다.

그러나 누군가는 이런 말을 했다. 인생은 어떻게 보면 날씨와 같다고. 어떤 날엔 예고 없이 찾아오는 소나기에 몸이 흠뻑 젖어 버릴 수도 있지만, 또 어떤 날엔 예고 없이 밝게 떠오른 태양 빛에 눈살을 약간 찌푸리면서도 기분이 은근히 좋아지게 된다고. 그리고 어떤 날엔 하루에도 몇 번씩이나 날씨가 계속 뒤바뀌며 냉기와 온기 사이를 끊임없이 오가기도 한다고.

어쩌면 이런 세상을 살아가고 있는 우리들 모두가 절망스러운 순간들에 쉽게 굴복하지 않고 하루하루를 열심히 계속 살아

내는 이유는, 그 끝에 얻게 되는 가치야말로 이루 표현할 수 없을 만큼 굉장히 거대하고 또 값진 것이기 때문일지도 모르겠다. 오랜 장마 끝에 찾아오는 햇살이 더욱 환히 빛나며 아름다운 것처럼, 수많은 불행 끝에서 마주하게 되는 행복들은 모든 슬픔을 잊게 해 줄 만큼의 따듯함과 다정함을 품고 있을 테니까.

만약에 이름 모를 누군가가 어두운 골목길 가운데에 주저앉아 삶의 고통과 방황 속에 지친 마음을 서글픈 눈물로 호소하고 있다면, 나는 일말의 망설임조차 없이 그 사람의 어깨에 다정히 손을 올려 다독거릴 것이다. 그리고 이런 말을 건네어줄 것이다. 당신의 아름다운 봄날은 아직 늦지 않았고 분명 반드시 찾아온다고. 당신의 아름다운 미소는 아직 숨을 다하지 않았다고. 당신의 아름다운 미래는 아직 조금도 망가지지 않았으며 세상 그 누구보다도 아주 찬란하게 빛날 것이라고.

그러니 어떻게든 살아가라고.

내 자신이 살아가는 이유를 모를 때도 살아가고, 어쩌다가 몇 번은 넘어져서 예상치 못한 아픔들에 좌절해도 금방 또다시 털고 일어서서 언제 그랬냐는 듯이 살아가라고. 누군가 너무 당연하고 무책임할 뿐인 말이라며 그저 손가락질만 해 댈지 모르지만, 계속 그렇게 살다 보면, 그렇게 힘차게 살아가다 보면 어느새 행복의 온기 속에 감싸여져 환한 미소를 짓고 서 있는 아름다운 당신의 얼굴을 마주할 수 있을 것이라고.

그때가 되면 분명 알고 싶지 않아도 알 수 있을 테니. 지겹도록 반복되는 삶의 이유를. 거칠고 아픈 삶의 의미를. 그리고 그 삶 속에 깃들어 있는 행복의 진짜, 진정한 이름을 말이야.

그릇

　평소 아끼던 유리잔이 산산조각이 나서 깨져 있는 모습을 가만히 바라보고 있을 때면, 저걸 어떻게 정리해야 할까 같은 생각보단 순간의 비참함이 더욱 크게 와닿고는 한다. 어찌 보면 너무나도 당연한 것이다. 이성적인 생각보다 당장의 감정이 먼저 차오르는 것은. 누군가는 그걸 최대한 억누르고 조절하는 편이 있는가 하면, 또 다른 누군가는 당장의 감정에 목숨을 걸며 달려들곤 한다.

　누가 더 잘했고, 누가 더 잘못했는지를 따지는 것부터가 올바르지 못한 기준이며 잣대가 아닐까 하는 생각이 든다. 우린 동물보다 이성과 지성을 가진 인간이기 이전에 하나의 감정을 가진 동물이기도 하니까. 자신의 감정보단 타인의 감정을 소중히 아껴 왔던 사람들 중 많은 이들이 자신의 감정의 소중함에 대해 잊어버리고 만다.

그렇게 잊고 살다 보면 언젠간 잊혀지겠지, 란 생각으로 하루하루를 어떻게 이성적인 마인드로 버텨 낼 수도 있겠지만, 서운함과 속상함을 담아내는 그릇에 과부하가 주어지게 되면 결국 그 그릇은 압박에 못 이겨 깨져 버리기 마련이다.

마음에도 그릇이 있다. 서운함을 담아내는 그릇, 기쁨을 담아내는 그릇, 슬픔을 담아내는 그릇, 아픔을 담아내는 그릇. 모두 제각각 존재하게 되어 있다. 어떤 감정의 그릇들은 이른 아침에 차오르기도 하고, 또 어떤 감정의 그릇들은 기나긴 새벽에 기울어선 그동안 참아 냈던 모든 감정을 쏟아 낸다.

창틈에 햇볕이 스며들 때 기쁘고 설레는 감정이 찾아온다면 창틈에 달빛이 스며들 땐 슬프고 두려운 감정들이 찾아오게 되겠지. 그렇게 불행과 행복의 중간 지점을 우린 평생토록 서성이고 있겠지. 잃어버린 계절에 대한 그리움을 담은 담배 연기와 지나온 모든 계절들을 청산하는 듯한 깊은 한숨 소리만이 가득한, 그 누구도 괜찮지 않은 밤을 보내게 될 날 또한 찾아오고야 말 테지.

지금 이 순간만이라도 당신이 당신의 뺨을 어루만져 줄 수 있다면 얼마나 좋을까. 그 안에 숨어 있는 아픔과 슬픔이 잠시나마라도 미소 지을 수 있다면 얼마나 좋을까. 그 미소는 얼마나 아름답고 찬란할까. 당신이 숨기고 있는 그 감정, 언젠가는 세상 밖으로 표출하며 개운한 마음으로 내일 목에 맬 넥타이를 정돈하게 되는 날이 올 거라는 희망 하나면, 작지만 강인한 그 희망 하나라면 나는 되었다.

　이번 생도 고생이 참 많습니다. 찰나의 아픔을 견뎌 내고 터져 오를 것만 같던 슬픔의 파도를 가슴에 품고 살아오느라 참 많이 애쓰셨더군요. 오늘 밤도 부디 안정하시길 바랍니다. 기도하겠습니다. 슬픔이 당신의 가슴을 짓뭉개지 않도록.

바람

따스했던 햇살은 끝내 부서졌고, 낭만은 죽은 지 오래였다. 나는 그런 세상 속에서 하루하루를 살아가고 있었다. 어디서부터 어떻게, 무엇이 잘못된 것인지를 따질 겨를도 없이 나는 무작정 앞만 보고 달려왔다. 옆이나 뒤를 돌아볼 틈도 존재하지 않았다. 여기서 더욱 뒤처지면 어떡하지. 남들보다 특출나지 않으면 어떡하지. 이런 생각들 때문에 더욱 열심히 달렸다.

그러나 세상은 내가 생각했던 것만큼 녹록지가 않았고, 평범함을 싫어하던 나는 어느새 그 누구보다도 평범하게 살고 싶어 하는 사람이 되어 버렸다. 어미와 집을 잃고 방황하는 새처럼 그렇게 매 순간을 혼란 속에서 살아 냈다. 즐겁게 살아가는 사람이 아닌 억지로 살아 내는 사람이 된 나를 바라볼 때, 그것만큼 굴욕적이고 절망스러운 기분이 들었던 적은 없었다. 누군가는 인생은 멀리서 보면 희극이고, 가까이서 보면 비극이라고 했던가. 참으로 그랬다. 주변에선 나를 좋은 사람이라 불렀고, 행복하게 잘 살아가는 그런 따스한 계절에 머물러 있는 줄 알았겠지만 정작 나는 전혀 그렇지 못했다. 어디로 가야 하는지도 제대로 알지 못하면서 일단 첫발부터 내밀은 나 자신을 원망하고 혐오했던 적도 있었으며, 언젠간 설명이 필요한 새벽 속에서 홀로 흐느끼며 남몰래 눈물을 왈칵 쏟아 냈던 적도 있었다. 그래서 난 미안하지만 당신에게 그 어떤 위로도 해 줄 수가 없겠다. 내가 그만큼 대단한 사람도 아닐뿐더러, 그만큼 강인했던 사람도 아니니까. 나 또한 슬픔에 무너지고 아픔에 비틀거리는 나약한 한 명의 인간일 뿐이니까.

허나 누구나 그렇지 않을까. 아무리 강해 보이는 사람일지라도 사실 나약한 부분 하나쯤은, 부서진 낭만 하나쯤은, 어두운 그림자 하나쯤은 가슴속에 묻어 두고 살아가지 않을까. 어쩌면 우리가 그토록이나 꿈꿔 왔던 낭만은 아직 죽지 않았을지도 모르겠다. 죽었다고 생각했던 사랑이 여전히 살아 숨 쉬고 있는 것처럼, 죽었다고 여겨 왔던 낭만 또한 여전히 누군가의 가슴속에서 열렬히 살아 숨 쉬고 있을지도 모르겠다. 어느새 해가 기울어 가고 낭만이 잠든 밤이 찾아왔다.

당신이 가슴속에 묻고 살아가는 낭만은 무엇인가요. 나는 그것이 알고 싶습니다. 잠시 잠든 것뿐이니 일부러 낭만을 깨우지 마셔요. 부서졌으면 부서진 대로, 슬픈 낭만을 안고 살아갑시다. 그래도, 당신의 새벽이 너무 아프지는 않았으면 좋겠는데.

　당신의 새벽은 언제쯤 괜찮아지려나. 우리의 낭만은 언제쯤 다시 청춘의 아름다움을 날개 삼아 저 하늘 멀리로 훨훨 날아갈 수 있으려나. 부디 낭만이 잠든 밤 속에서 아파하진 않았으면. 당신의 낭만이 곧 이루어지길 바라면서.

다정

누군가는 말했다. 타인은 내가 생각하는 것만큼 내 삶에 관심을 가지지 않는다고. 나는 그 말이 딱히 반갑게 와닿지는 않았다. 관심과 사랑의 크기는 비례한다고 여기기 때문에. 그 말을 들었을 때 내가 그동안 받아 왔던 모든 사랑들이 부정당하는 느낌을 받아서였을까. 어쩌면 나는 타인이 주는 사랑과 관심에 굶주린 사람일 수도 있겠다는 생각이 들었다.

하지만 요즘 시대에선 그런 사람들을 보고 오히려 관심종자라며 혀를 차곤 한다. 물론 관심을 이끌기 위해서 하면 안 되는 짓까지 하는 몹쓸 사람도 있겠지만, 그래도 진심으로 사랑을 간절히 원하는 그런 사람도 있을 텐데 말이다. 누구나 한 번쯤은 그런 적이 있을 것이다. 이름 모를 누군가의 다정함이 필요할 때. 이름 모를 누군가의 따스한 손길이 고플 때. 정작 내가 진정으로 힘이 들고 지칠 때 그걸 털어놓을 수 있는 대상이 없다는 생각이 들 때면 절망감과 함께 부정적인 감정들은 점점 커지기 마련이다.

그렇게 커져 버린 상처들이 심장 근처를 맴돌다 보면, 언젠가 심장은 한 번쯤 울음을 터뜨리고 만다. 그렇게 매 순간 무너지고 의미 없는 희망 하나라도 붙들게 되며 사람은 점점 비참해진다. 그리하여 난 다정한 사람을 애정한다. 그리고 나 또한 그럴 수 있기 위해 최대한 애를 쓴다. 온통 거짓된 마음들로 가득한 차가운 세상 속에서 비록 단 하나의 다정함일지라도 보태려고 한다. 내가 누군가의 다정이 될 수 있기를 바란다.

생각해 보면 그렇게까지 어려운 일은 아니다. 우린 현재 누군가에게 소소한 안부를 건네는 것만으로도 다정한 사람이라고 여겨질 수 있는 차갑고 매정한 세상 속에서 살아가고 있으니까. 과연, 나는 어떤 사람으로 기억될까. 누군가의 다정으로 기억될 수 있을까. 당신은 과연 어떤 사람으로 기억될까.

이름 모를 당신아. 당신의 다정함은 여전하십니까. 당신 또한 나처럼 누군가의 다정을 찾아 헤매며 홀로 외로운 밤을 지

새우고 있진 않습니까. 때론 가까운 사람보다 이름 모를 누군
가의 다정함에 펑펑 눈물을 흘리진 않습니까. 사랑이 고프지
않습니까. 만약 그렇다면, 우린 참으로 상처가 많은 사람들일
수도 있겠습니다. 이름 모를 누군가의 다정이 가장 필요한 사
람들일지도 모르겠습니다.

혹여나, 몸도 마음도 많이 아프지는 않습니까. 끼니는 잘 챙
겨 드시고 계십니까. 가슴이 많이 답답하고 불안할 땐 간단히
산책이라도 하면 좋을 것 같은 밤입니다. 내가 당신의 다정이
되어드릴 테니 당신도 나의 다정이 되어 주실 수 있겠습니까.
부디 나도 누군가의 다정이 될 수 있기를 바라면서.

서로가 서로에게 무척 다정한 사람으로 기억될 수 있길 바라
면서.

냄새

　다가오는 봄을 잠시 뒤로한 채 떠나가는 겨울의 냄새를 맡았다. 마냥 춥지도 않고, 그렇다고 또 몹시 따뜻하지도 않은 시원한 칼바람은 다시금 봄을 그리워하게 만들고는 했다. 이번 겨울에는 꽤나 일이 많았다.

　인간관계에서 많은 외로움과 상실감을 느끼기도 하였으며 경제적인 문제에서 갈피를 못 잡으며 방황하기도 했었으며 앞으로의 삶에 대해서도 꽤나 많은 고민과 고뇌에 빠져 살았지 않았나, 싶다. 그래, 그랬던 것 같다. 하지만 겨울의 차가운 바람을 버텨 낸 것에 대한 보상은 크게 이루어졌다.

　남들 눈에는 비록 별거 아닌 것처럼 보여질 수 있을지라도 가슴 찢어지도록 아픈 사랑도 해 볼 수 있었고, 또 가슴이 찡할 만큼 고마워지는 인연 또한 알아볼 수 있었고, 슬픔과 행복의 경계선에서 두 가지 감정이 서로 대립하는 모습을 보며 그런 상황 속에서 어떻게 대처를 해야 하는지에 대해서도 많이 배우고 익힐 수 있었다.

물론 바람의 온도로만 봐서는 내가 아닌 다른 누군가에겐 한없이 춥고 매정했을 수 있었던 겨울이었다. 하지만 내겐 한없이 다정했다. 조금의 거짓말을 보태자면 마치 봄인 줄 착각했다고 해야 하나. 그렇지만 앞서 말했듯 누군가에겐 따뜻한 계절이 누군가에겐 추운 계절일 수도 있기에, 혹여나 당신이 그런 겨울을 홀로 힘없이 겨우겨우 버텨 내고 있는 중은 아닐는지 걱정이 되는 마음에 몇 글자 더해 적어 본다.

가끔 그런 생각이 들 때도 있을 것이다. 나만 이런 서러운 아픔 속에서 눈물 흘리고 있는 건 아닐까. 나만 이렇게 괴롭고 유난히 더 힘든 삶을 살고 있는 건 아닐까. 하지만 누구나 다 똑같이, 당신과 같은 힘든 삶의 여정을 살아가고 멀쩡히 버텨 내고 있다. 그러면서 겨우겨우 힘겹게 이겨 내고 있다. 그 뒤에 많은 이들이 미소 짓곤 한다. 이 말은 곧, 당신의 힘듦이 아무것도 아니라는 말이 아닌 그들처럼 당신도 이번 겨울을 버텨 낼 수 있는 용기를, 강인한 정신력을 가질 수 있는 사람이라는 말. 그리고 곧 다가올 따스하고 설레는 봄을 맞이하게 될 기회와 자격이 주어지는 사람이라는 말이 될 수 있지 않을까.

그동안 떠나보낸 계절의 수만큼, 떠나간 인연과 떠나간 사랑, 떠나간 순간들도 참 많겠지. 그래도 곧 다시 돌아올 계절을 생각하면 반가운 마음만 가득해지지 않을까. 이번엔 또 어떤 인연이, 어떤 사랑이, 어떤 순간들이 내 삶 속에 자연스레 스며들까. 그저 이런 생각들을 말해 주고 싶었다.

그리고 난 당신이 이 글을 읽고 있는 그 사이에서 자연스레 아무도 맡아 보지 못한 다가올 벚꽃의 냄새를 미리 맡았다. 곧 봄이 다가올 모양이다. 당신도 올겨울, 참 고생 많았다. 벌써 이렇게 무수히 많은 꽃들이 졌구나. 허나, 이젠 피어날 일만 남았겠다. 그래, 아주 아름답고 찬란하게 피어날 일들만.

시간

시간은 아픔을 지우고 계절은 기억을 부른다

1판 1쇄 펴낸날 2023년 3월 31일

지은이 장예은

책만듦이 김미정 책꾸밈이 홍규선

펴낸곳 채륜서 펴낸이 서채윤
신고 2011년 9월 5일(제2011-43호)
주소 서울시 광진구 자양로 214, 2층(구의동)
대표전화 1811.1488 팩스 02.6442.9442
book@chaeryun.com www.chaeryun.com

ⓒ 장예은. 2023
ⓒ 채륜서. 2023. published in Korea

책값은 뒤표지에 있습니다.
ISBN 979-11-85401-76-8 03810

잘못된 책은 바꾸어 드립니다.
저작권자와 출판사의 허락 없이 책의 전부 또는 일부 내용을 사용할 수 없습니다.
저작권자와 합의하여 인지를 붙이지 않습니다.

함께 꿈을 펼치실 작가님을 찾습니다.
소중한 원고를 보내주시면 특별한 책으로 만들겠습니다.

채륜(인문·사회), 채륜서(문학), 띠움(과학·예술)은 함께 자라는 나무입니다.
물과 햇빛이 되어주시면 편하게 쉴 수 있는 그늘을 만들어 드리겠습니다.